suhrkamp taschenbuch 1370

Julio Cortázar, 1914 in Brüssel geboren, lebte bis 1951 in Buenos Aires und ist 1984 in Paris gestorben. Seine Werke im Suhrkamp Verlag: *Album für Manuel*. Roman (1976), *Geschichten der Cronopien und Famen* (1977), *Ende des Spiels*. Erzählungen (1977), *Bestiarium*. Erzählungen (1979), *Das Feuer aller Feuer*. Erzählungen (1976), *Der Verfolger*. Erzählungen (1978), *Die geheimen Waffen*. Erzählungen (1981), *Rayuela. Himmel und Hölle*. Roman (1981), *Reise um den Tag in 80 Welten*. Miscellanea (1980), *Letzte Runde*. Miscellanea (1984), *Geschichten, die ich mir erzähle* (1985) *Oktaeder*. Erzählungen (1986).

Ein Mann verliert seine Gefährtin, weil er sie so haben wollte, wie er sie sich vorgestellt hatte, bevor er sie kennenlernte. Ein gelangweiltes Ehepaar ersinnt ein Spiel mit strengen Verhaltensregeln, um die tägliche Leere zu besiegen. Javier und Mireille werden wie »die zwei Seiten einer Medaille« immer getrennt bleiben, da sie es nicht vermochten, ihre »guten Manieren« abzulegen ...

Jede der elf Erzählungen dieses Bandes zeigt einen Aspekt des Kampfes des Menschen gegen die Ermüdung und das Absurde, gegen das Halseisen der Konventionen und die Gewalt der Diktaturen: gegen all das, was ihm auf seiner Suche nach Wahrheit und Glück den Weg versperrt.

Einige Geschichten haben sich als prämonitorisch erwiesen: *Apokalypse in Solentiname* stellt vorausdeutend die Zerstörung einer Gemeinde in Nicaragua durch die Armee Somozas dar; *Das zweite Mal* zerlegt den banalen Mechanismus, mittels dessen die Bürokratie in Buenos Aires die Liste der Verschwundenen jeden Tag verlängert.

Cortázar ist ein Meister in der Kunst, Erlebtes und Imaginäres in einer explosiven Mischung zu verbinden.

Julio Cortázar
Passatwinde

Erzählungen

Aus dem Spanischen
von Rudolf Wittkopf

Suhrkamp

Titel der spanischen Originalausgabe:
Alguien que anda por ahí
Die Erzählungen *Passatwinde, In Bobys Namen, Apokalypse in Solentiname, Die zwei Seiten der Medaille* und *Der Abend mit Mantequilla* erschienen erstmals in Julio Cortázar, *Geschichten, die ich mir erzähle,* 1985. Die Erzählungen *Das zweite Mal* und *Sie legten sich neben dich* erschienen 1978 bereits in Julio Cortazár, *Der Verfolger*; sie wurden für die vorliegende Ausgabe vom Übersetzer überarbeitet.
Umschlagfoto: Sara Facio

suhrkamp taschenbuch 1370
Erste Auflage 1987

Satz: Gutfreund, Darmstadt
Druck: Ebner Ulm
Printed in Germany
Umschlag nach Entwürfen von
Willy Fleckhaus und Rolf Staudt

1 2 3 4 5 6 - 92 91 90 89 88 87

Inhalt

Beleuchtungswechsel

Diese Donnerstage bei Anbruch der Nacht, wenn Lemos mich nach der Probe im Radio Belgrano zu sich rief, zwischen zwei Cinzanos seine Pläne für neue Stücke, sie mir anhören müssen, wo ich doch solche Lust hatte, wegzugehen und die Hörspielerei für zwei oder drei Jahrhunderte zu vergessen, aber Lemos war der Autor des Tages, und er bezahlte mich gut für das bißchen, das ich in seinen Programmen zu tun hatte, eigentlich nur Nebenrollen und durchweg unsympathische. Du hast genau die richtige Stimme, sagte Lemos liebenswürdig, wenn der Hörer dich hört, haßt er dich sofort, du mußt nicht erst jemanden verraten oder deine Mama mit Strychnin umbringen, brauchst nur den Mund aufzumachen und halb Argentinien möchte dir mit Hingabe den Schädel einschlagen.

Nicht so Luciana. An eben dem Tag, da unser jugendlicher Liebhaber Jorge Fuentes nach der Sendung von *Rosen der Schmach* zwei Waschkörbe voller Liebesbriefe erhielt und obendrein ein weißes Lämmchen, das ihm eine romantisch veranlagte Gutsbesitzerin aus der Gegend von Tandil geschickt hatte, überreichte mir der kleine Mazza den ersten fliederfarbenen Brief von Luciana. Ans Nichts in jeglicher Erscheinungsform gewöhnt, steckte ich mir den Brief in die Tasche und ging ins Café (nach dem triumphalen Erfolg von *Rosen* hatten wir bis zum Beginn von *Vogel im Sturm* eine Woche frei), und erst beim zweiten Martini mit Juárez Celman und Olive kam mir die Farbe des Briefumschlags in Erinnerung und wurde mir bewußt, daß ich den Brief noch nicht gelesen hatte; ich wollte das nicht vor den anderen tun, denn Leute, die sich langweilen, suchen immer nach einem Gesprächsstoff, und ein fliederfarbener Briefumschlag ist eine Goldgrube; ich wartete also, bis ich wieder zu Hause war, wo die Katze sich jedenfalls für solche Dinge nicht interessierte, ich gab ihr ihre Milch und ihre Portion Zärtlichkeit und machte dann Bekanntschaft mit Luciana.

Ich brauche kein Foto von Ihnen zu sehen, schrieb Luciana, es ist mir egal, daß *Sintonía* und *Antena* Fotos von Míguez und von Jorge Fuentes bringen, doch nie von Ihnen, es ist mir egal, weil ich Ihre Stimme habe, und es ist mir auch egal, daß man sagt, Sie seien unsympathisch und gemein, es stört mich nicht, daß Ihre Rollen alle Leute in bezug auf Sie täuschen, im Gegenteil, denn ich bilde mir ein, daß ich die einzige bin, die die Wahrheit weiß: Sie leiden, wenn Sie diese Rollen spielen, Sie setzen Ihr Talent ein, aber ich spüre, daß Sie sich nicht wirklich mit ihnen identifizieren, so wie Míguez oder Raquelita Bailey, Sie sind ganz anders als der grausame Fürst in *Rosen der Schmach*. Die Leute glauben, sie hassen den Fürsten, aber in Wirklichkeit hassen sie Sie, sie verwechseln die beiden, das ist mir schon bei meiner Tante Poli und anderen aufgefallen, als Sie im vorigen Jahr der Vassilis waren, der Schmuggler und Mörder. Heute nachmittag habe ich mich etwas einsam gefühlt und den Wunsch gehabt, Ihnen dies zu sagen, vielleicht bin ich nicht die einzige, die Ihnen das sagt, und irgendwie wünsche ich's Ihnen, damit Sie sich trotz allem verstanden wissen, andererseits aber wäre ich gern die einzige, die Sie hinter Ihrer Rolle und Ihrer Stimme zu sehen weiß, die sicher ist, Sie wirklich zu kennen, und die Sie mehr bewundert als die mit den leichten Rollen. Es ist wie bei Shakespeare, ich hab das nie jemandem gesagt, aber von Ihnen dargestellt, hat mir Jago besser gefallen als Othello. Fühlen Sie sich nicht verpflichtet, mir zu antworten, ich gebe meine Adresse an für den Fall, daß Sie das wirklich möchten, doch auch wenn Sie's nicht tun, werde ich glücklich sein, Ihnen all dies geschrieben zu haben.

Es wurde Nacht, die Handschrift wirkte leicht und fließend, die Katze war eingeschlafen, nachdem sie mit dem fliederfarbenen Umschlag auf dem Sofakissen gespielt hatte. Seit Brunas Fortgang wurde bei uns nicht mehr richtig zu Abend gegessen, die Katze und ich begnügten uns mit Konserven, und ich mich vornehmlich mit dem Cognac und der Pfeife. Während der freien Tage (danach müßte ich meine Rolle in *Vogel im Sturm* einstudieren) las ich Lucianas Brief wieder, beabsichtigte jedoch nicht, ihn zu beantworten, denn diesbezüglich ist ein Schauspieler, auch wenn er nur alle drei Jahre einen Brief erhält ... Liebe Luciana, antwortete ich ihr am Freitagabend, bevor ich ins Kino ging, Ihre Worte haben mich bewegt, und das ist keine Höflichkeitsfloskel. Es war wirklich keine, ich schrieb, als säße diese Frau, die ich mir eher klein und traurig vorstellte, mit kastanienbraunem Haar und hellen Augen, vor mir und als sagte ich ihr, daß ihre Worte mich bewegt haben. Das übrige fiel konventioneller aus, denn ich wußte nicht recht, was ich ihr nach dieser Wahrheit noch hätte sagen können, nur Füllsel, zwei oder drei Sätze der Sympathie und der Dankbarkeit, Ihr Freund Tito Balcárcel. Aber eine weitere Wahrheit stand im Postskriptum: Es freut mich, daß Sie mir Ihre Adresse gegeben haben, es hätte mich betrübt, Ihnen nicht sagen zu können, was ich fühle.

Niemand gibt es gern zu, aber wenn man nicht arbeitet, langweilt man sich am Ende etwas, wenigstens jemand wie ich. Als junger Mann hatte ich nicht wenige Liebesabenteuer, ich brauchte in meinen freien Stunden nur die Angel auszuwerfen, und fast immer machte ich einen Fang, aber dann kam Bruna, und das währte vier Jahre. Ist man fünfunddreißig, verliert das Leben in Buenos Aires an Farbe und scheint zu schrumpfen, wenigstens für jemanden, der allein mit einer Katze lebt und weder ein großer Leser noch ein Freund von langen Spaziergängen ist. Nicht daß ich mich alt fühlte, im Gegenteil; es ist eher so, als würden die anderen, die Dinge selbst alt und schrundig werden; wohl deshalb ziehe ich es vor, die Nachmittage zu Hause zu bleiben und den *Vogel im Sturm* zu repetieren, allein mit meiner Katze, die mir dabei zusieht, und mich an diesen undankbaren Rollen zu rächen, indem ich sie zur Perfektion treibe, sie mir in einer Weise zu eigen mache, daß sie nicht mehr von Lemos sind, die einfachsten Sätze in ein Spiel von Spiegeln verwandle, das die Person um ein Vielfaches gefährlicher und faszinierender macht. So war dann zum Zeitpunkt, da ich die Rolle im Radio sprechen mußte, schon alles festgelegt, jede Pause und jede Modulation der Stimme, womit ich den Haß langsam steigerte (wieder einmal war ich eine dieser Personen, die auch verzeihliche Seiten hat, doch mehr und mehr der Niedertracht verfällt, bis zur Schlußszene mit der Verfolgungsjagd am Rande eines Abgrunds und dem finalen Sprung, zur großen Genugtuung der Hörer). Als ich zwischen zwei Mates den Brief von Luciana, den ich auf dem Zeitschriftenregal liegenlassen hatte, wiederentdeckte und ihn aus purer Langeweile noch einmal las, sah ich sie erneut vor mir; immer schon war ich ein visueller Typ, und ich kann mir leicht alles mögliche ausmalen, von Anfang an hatte ich mir Luciana eher klein vorgestellt und etwa in meinem Alter, vor allem mit hellen, nahezu durchsichtigen Augen, und auch diesmal sah ich sie so vor mir, wieder sah ich sie etwas nachdenklich vor jedem Satz, den sie mir schreiben würde, und wie sie sich dann entschloß. Eins war sicher, Luciana war nicht die Frau, die erst einen Entwurf macht, bestimmt hatte sie gezögert, mir zu schreiben, aber dann, als sie mich in *Rosen der Schmach* gehört hatte, waren ihr die passenden Worte eingefallen, man spürte, daß der Brief spontan geschrieben war, und zugleich – vielleicht wegen des fliederfarbenen Papiers – wirkte er auf mich wie ein Likör, der lange in sich geruht hat.

Sogar ihr Haus sah ich, wenn ich die Augen nur etwas zukniff, es mußte so eines mit überdachtem Patio oder wenigstens mit einer Veranda voller Pflanzen sein, jedesmal, wenn ich an Luciana dachte, sah ich sie an demselben Platz, und schließlich verdrängte das Bild der Veranda das des Patios, es war eine Veranda mit Oberlichtern aus farbigem Glas und mit Schiebetüren, die das Tageslicht dämpften, Luciana saß in einem Korbsessel und schrieb mir, Sie sind ganz anders als der grausame Fürst in *Rosen der Schmach*, und sie führte den Füllfederhalter an den Mund, bevor sie weiterschrieb, niemand weiß das, denn Sie haben so viel Talent, daß die Leute Sie hassen, das kastanienbraune Haar umflossen von einem Licht wie auf alten Photographien, diese aschgraue und dabei doch helle Atmosphäre der Veranda, ich wäre gern die einzige, die Sie hinter Ihrer Rolle und Ihrer Stimme zu sehen weiß.

Am Abend vor der ersten Folge von *Vogel* mußte ich mit Lemos und den anderen essen gehen, wir probten einige dieser Szenen, die Lemos Schlüsselszenen nannte und wir Scheißszenen, Aufeinanderprall der Temperamente und dramatische Schimpfkanonaden, Raquelita Bailey sehr gut in der Rolle der Josefina, dieses hochmütigen Mädchens, das ich langsam in mein bekanntes Netz von Verruchtheiten, worin Lemos keine Grenzen kennt, hineinziehen würde. Die anderen wurden ihren Rollen nur knapp gerecht, alles in allem kein qualitativer Unterschied zwischen diesem Stück und den achtzehn anderen, die wir schon gespielt hatten. Ich erinnere mich an diese Probe deshalb, weil mir da der kleine Mazza den zweiten Brief von Luciana brachte, und diesmal hatte ich Lust, ihn sofort zu lesen, und ich ging für einen Augenblick in die Toilette, während sich Angelita und Jorge Fuentes auf einem Ball des Sportvereins Gimnasia y Esgrima ewige Liebe schworen, eine dieser Szenerien von Lemos, die die Begeisterung der Stammhörer auslösten und deren psychische Identifikation mit den Personen des Stücks verstärkten, wenigstens laut Lemos und Freud.

Ich nahm ihren schlichten, netten Vorschlag an, sie in einer Konditorei im Almagro-Viertel zu treffen. Es gab die üblichen albernen Erkennungszeichen, sie in Rot und ich eine zweimal gefaltete Zeitung unter dem Arm, es ging wohl nicht anders, und das übrige war Luciana, die mir wiederum in der Veranda schrieb, allein mit ihrer Mutter oder vielleicht ihrem Vater, von Anfang an hatte ich eine ältere Person bei ihr gesehen, in einem Haus für eine größere Familie, wo sich jetzt aber die Leere ausbreitete und überall die Melancholie der Mutter zu spüren war, weil eine andere Tochter gestorben oder fortgezogen war, weil vielleicht vor nicht langer Zeit der Tod durch dieses Haus gegangen war, doch wenn Sie nicht möchten oder nicht können, kann ich das verstehen, es ziemt sich nicht für mich, die Initiative zu ergreifen, aber ich weiß auch – das hatte sie ohne Emphase unterstrichen –, daß jemand wie Sie über solchen Dingen steht. Und sie fügte etwas hinzu, woran ich nicht gedacht hatte und das mich entzückte, Sie kennen mich nicht, außer durch den früheren Brief, aber ich lebe seit drei Jahren Ihr Leben, ich spüre bei jeder neuen Rolle, wie Sie in Wirklichkeit sind, ich entreiße Sie dem Theater, und Sie sind für mich immer derselbe, sobald Sie nicht mehr die Maske Ihrer Rolle tragen. (Dieser zweite Brief ist mir verlorengegangen, aber das waren genau ihre Worte, so stand es da; indes erinnere ich mich, daß ich den ersten Brief in ein Buch von Moravia, das ich gerade las, gelegt habe, er ist sicher noch dort in der Bibliothek.)

Hätte ich das Lemos erzählt, hätte ich ihm die Idee für ein neues Stück gegeben, ganz sicher würde es nach einigem Hin und Her zu der Begegnung kommen, und dann würde der junge Mann entdecken, daß Luciana genau so war, wie er sie sich vorgestellt hatte, ein Beweis dafür, wie die Liebe der Liebe und die Vorstellung der Wirklichkeit vorauseilt, Theorien, die bei Radio Belgrano immer gut funktionierten. Aber Luciana war eine Frau über dreißig, und sie machte keinen Hehl aus ihrem Alter, sie war gar nicht so klein wie die Frau, die ihm in der Veranda Briefe schrieb, und hatte prächtiges schwarzes Haar, das ein seltsames Eigenleben bekam, wenn sie den Kopf bewegte. Von Lucianas Gesicht hatte ich mir kein genaues Bild gemacht, ausgenommen die hellen Augen und den etwas traurigen Blick; die Augen, die mir jetzt lächelnd entgegensahen, waren braun und überhaupt nicht traurig unter diesem beschwingten Haar. Daß sie Whisky mochte, fand ich sympathisch, bei Lemos nämlich begannen fast alle romantischen Begegnungen mit Tee (und bei Bruna war es Milchkaffee gewesen, in einem Speisewagen). Sie entschuldigte sich nicht für ihre Einladung, und ich, der ich mich manchmal leicht exaltiert gebärde, weil ich dem, was mir so passiert, im Grunde nicht recht traue, fand mich sehr natürlich, und der Whisky war einmal nicht verfälscht. Es war wirklich sehr schön, so als wären wir uns rein zufällig und ohne vorherige Verabredung begegnet, so wie gute Beziehungen beginnen, wo keiner etwas herauskehren oder verbergen muß; es war nur natürlich, daß vor allem von mir die Rede war, denn ich war bekannt und sie nur zwei Briefe und Luciana, deshalb ließ ich es zu, ohne eitel zu wirken, daß sie mich an mehrere Hörspiele erinnerte, an das, wo man mich zu Tode folterte, an das andere mit den im Bergwerk verschütteten Arbeitern und an noch weitere Rollen. Nach und nach brachte ich ihr Gesicht und ihre Stimme mit meiner Vorstellung in Übereinstimmung, nur schwer löste ich mich von den Briefen, der

Veranda und dem Korbsessel; bevor wir auseinandergingen, erfuhr ich, daß sie in einer ziemlich kleinen Parterrewohnung wohnte, zusammen mit Tante Poli, die in den dreißiger Jahren in Pergamino Klavierlehrerin gewesen war. Auch Luciana mußte Korrekturen vornehmen, wie immer bei diesen Blinde-Kuh-Beziehungen, erst zum Schluß sagte sie, sie habe sich mich größer vorgestellt, mit Kraushaar und grauen Augen; das mit dem Kraushaar verblüffte mich, denn in keiner meiner Rollen war ich mir selbst kraushaarig vorgekommen, aber vielleicht war ihre Vorstellung eine Art Summe, eine Addition aller Schuftigkeiten und Verrätereien in Lemos' Stücken. Ich sagte ihr das scherzhaft, aber Luciana sagte nein, sie habe die Personen so gesehen, wie Lemos sie gezeichnet hatte, doch gleichzeitig sei es ihr möglich, von ihnen abzusehen, schön mit mir allein zu bleiben, mit meiner Stimme und, wer weiß warum, mit dem Bild von jemandem, der größer ist, von jemandem mit Kraushaar.

Hätte es Bruna noch in meinem Leben gegeben, hätte ich mich wahrscheinlich nicht in Luciana verliebt; ihr Fortgang war noch zu gegenwärtig, eine Lücke, die Luciana auszufüllen begann, ohne es zu wissen, und wahrscheinlich, ohne es sich zu erhoffen. Bei ihr hingegen ging alles viel schneller, von meiner Radiostimme ging sie über zu diesem anderen Tito Balcárcel mit seinem strähnigen Haar und weniger Persönlichkeit als Lemos' Ungeheuer; all dies brauchte kaum einen Monat, es gab zwei Rendezvous in Cafés und ein drittes in meiner Wohnung, die Katze akzeptierte das Parfüm und die Haut Lucianas und schlief auf ihrem Schoß, schien sich jedoch zu entrüsten, als sie eines Abends plötzlich überflüssig war und miauend auf den Boden springen mußte. Tante Poli übersiedelte nach Pergamino zu einer Schwester, ihre Aufgabe war erfüllt, und Luciana zog in derselben Woche zu mir; als ich ihr beim Einpacken ihrer Sachen half, war es für mich schmerzlich, daß es keine Veranda, kein aschenes Licht gab, und obgleich ich wußte, daß ich derlei nicht vorfinden würde, empfand ich es doch als Mangel, als Unvollkommenheit. Am Nachmittag des Umzugs erzählte mir Tante Poli liebevoll die wenig interessante Familiengeschichte, von Lucianas Kindheit, von ihrem Verlobten, der jedoch dem verlockenden Angebot einer Gefrierfleischfabrik in Chicago nicht hatte widerstehen können, von der Ehe mit einem Hotelbesitzer aus Primera Junta und der Trennung vor sechs Jahren, alles Dinge, die ich schon von Luciana erfahren hatte, aber anders, so als hätte sie nicht wirklich von sich selbst gesprochen, wo sie jetzt, wie es schien, auf Rechnung einer anderen Gegenwart zu leben begann, mein Körper neben dem ihren, die Tellerchen Milch für die Katze, immer wieder das Kino, die Liebe.

Ich erinnere mich, es war ungefähr zur Zeit von *Blut an den Ähren*, als ich Luciana bat, sich ihr Haar aufzuhellen. Zuerst hielt sie das für den Einfall eines Schauspielers, wenn du willst, kaufe ich mir eine Perücke, sagte sie lachend, und dir würde sehr gut eine mit Kraushaar stehen, wie wär's damit? Aber als ich sie ein paar Tage später erneut darum bat, sagte sie, also gut, schließlich sei es völlig gleich, ob sie schwarzes oder kastanienbraunes Haar habe, fast war es so, als ahnte sie, daß diese Änderung der Haarfarbe nichts mit den Launen eines Schauspielers zu tun hatte, sondern mit anderen Dingen, mit einer Veranda, einem Korbsessel. Ich brauchte sie nicht noch einmal zu bitten, es freute mich, daß sie es für mich getan hatte, und ich sagte es ihr immer wieder, während wir uns liebten, während ich mich in ihrem Haar und ihren Brüsten vergrub und mich, Mund an Mund mit ihr, wieder in den Schlaf gleiten ließ. (Am Morgen darauf, vielleicht auch erst, bevor sie einkaufen ging, ich weiß nicht mehr genau, strich ich ihr Haar mit beiden Händen nach hinten und band es ihr im Nacken zusammen, ich versicherte ihr, daß ihr das besser stehe. Sie betrachtete sich im Spiegel und sagte nichts, doch ich spürte, daß sie nicht einverstanden war, und sie hatte recht, sie war nicht die Frau, die sich das Haar zusammenbindet, es war nicht zu leugnen, daß sie besser aussah, wenn sie es offen trug wie zuvor, als sie es sich noch nicht getönt hatte, aber ich sagte ihr das nicht, denn ich sah sie lieber so, sah sie so besser als an jenem Nachmittag, als sie zum ersten Mal in die Konditorei gekommen war.)

Ich habe es nie gemocht, mich im Radio sprechen zu hören, ich tat meine Arbeit, und damit basta, die Kollegen wunderten sich über diesen Mangel an Eitelkeit, die bei ihnen so offensichtlich war; sie mußten denken, und vielleicht zu Recht, daß die Rollen, die ich spielte, nicht der Art waren, daß ich mich ihrer gern erinnerte, und deshalb sah Lemos mich mit hochgezogenen Augenbrauen an, als ich ihn um die Archivbänder von *Rosen der Schmach* bat; er fragte mich, wozu ich sie brauchte, und ich antwortete ihm irgend etwas, Schwierigkeiten mit der Aussprache, die ich überwinden wolle, oder so ähnlich. Als ich mit den Tonbändern nach Hause kam, war auch Luciana etwas überrascht, denn ich sprach ihr nie von meiner Arbeit, sie war es, die mir immer wieder ihre Eindrücke erzählte, die mich nachmittags im Radio hörte, mit der Katze auf dem Schoß. Ich sagte ihr das gleiche, was ich Lemos gesagt hatte, aber anstatt mir die Aufnahmen in einem anderen Zimmer anzuhören, brachte ich das Tonbandgerät ins Wohnzimmer und bat Luciana, noch ein wenig bei mir zu bleiben, ich selbst machte den Tee und verrückte die Lampe ein wenig, damit Luciana es gemütlich habe. Warum nimmst du die Lampe da weg? fragte Luciana, die stand doch gut dort. Sie stand dort gut, als Gegenstand, aber sie warf ein hartes, zu helles Licht auf das Sofa, wo Luciana saß, es war besser, sie bliebe im Dämmerlicht des Abends, ein etwas aschfarbenes Licht, das vom Fenster her kam und ihr Haar umschmeichelte, ihre Hände, die mit dem Tee beschäftigt waren. Du verwöhnst mich zu sehr, sagte Luciana, alles für mich, und du dahinten in der Ecke, setzt dich nicht einmal.

Natürlich spielte ich nur ein paar Szenen aus den *Rosen,* in der Zeit von zwei Tassen Tee, einer Zigarette. Es tat mir wohl, Luciana zu betrachten, wie sie dem Hörspiel lauschte und manchmal den Kopf hob, wenn sie meine Stimme erkannte, mich anlächelte, als störte es sie überhaupt nicht, daß der elende Kerl, Schwager der armen kleinen Carmen, seine Intrigen spann, um das Vermögen der Pardos an sich zu bringen, und daß das schändliche Treiben noch viele Szenen so weiterging, bis zum unausbleiblichen Sieg der Liebe und der Gerechtigkeit, laut Lemos. In meiner Ecke (ich hatte gerade nur eine Tasse Tee an ihrer Seite getrunken und war dann wieder ans andere Ende des Wohnzimmers gegangen, so als hörte ich dort besser) fühlte ich mich wohl, für einen Augenblick fand ich wieder, was mir gefehlt hatte; es wäre mir lieb gewesen, wenn all das noch länger gedauert hätte, wenn das Licht der Abenddämmerung weiterhin dem in der Veranda geähnelt hätte. Das war natürlich nicht möglich, und so stellte ich das Tonbandgerät ab, und wir gingen zusammen hinaus auf den Balkon, nachdem Luciana die Lampe wieder an ihren Platz gestellt hatte, denn dort, wo ich sie hingestellt hatte, machte sie sich wirklich nicht gut. Hat es dir genützt, dich selbst zu hören? fragte sie mich und streichelte meine Hand. Ja, durchaus, ich sprach von Problemen der Atmung, der Modulation und dergleichen, was sie respektvoll akzeptierte; das einzige, was ich ihr nicht sagte, war, daß in diesem vollkommenen Augenblick allein der Korbsessel gefehlt hatte, und vielleicht hätte sie auch etwas traurig sein müssen, wie jemand, der ins Leere blickt, bevor er einen Brief weiterschreibt.

Wir kamen mit *Blut an den Ähren* langsam zu Ende, noch drei Wochen, und ich hätte Ferien. Wenn ich aus dem Funkhaus zurückkam, las Luciana oder spielte mit der Katze in dem Korbsessel, den ich ihr mitsamt dem dazugehörigen Tischchen zum Geburtstag geschenkt hatte. Das paßt überhaupt nicht zu den übrigen Möbeln, hatte Luciana halb belustigt, halb verblüfft gesagt, aber wenn sie dir gefallen, dann mir auch, eine hübsche Garnitur und so bequem. In dem Sessel wirst du besser sitzen, wenn du Briefe zu schreiben hast, sagte ich. Ja, gab Luciana zu, schon lange schulde ich Tante Poli einen Brief, der Ärmsten. Da es dort, wo der Sessel stand, nachmittags nicht sehr hell war (ich glaube, sie hat nicht gemerkt, daß ich die Glühbirne in der Lampe ausgewechselt habe), rückte sie schließlich Tischchen und Sessel nahe ans Fenster, um zu stricken oder sich Zeitschriften anzusehen, und an einem dieser Herbsttage, vielleicht auch etwas später, blieb ich einen Nachmittag lange an ihrer Seite, küßte sie immer wieder und sagte ihr, daß ich sie nie so geliebt hätte wie in diesem Augenblick, da ich sie so vor mir sah, wie ich sie immer hatte sehen wollen. Sie sagte nichts, ihre Hände wanderten durch mein

Haar und zerzausten es, ihr Kopf sank auf meine Schulter, und sie war ganz still, wie abwesend. Was konnte ich von Luciana anderes erwarten, jetzt, wo es Abend wurde? Sie war wie ihre fliederfarbenen Briefumschläge, wie die schlichten, fast schüchternen Sätze ihrer Briefe. Von nun an konnte ich mir kaum noch vorstellen, daß ich sie in einer Konditorei kennengelernt hatte, daß sie ihr loses schwarzes Haar, als sie mich begrüßte, kurz zur Seite geworfen hatte, um ihre anfängliche Verlegenheit bei unserer Begegnung zu bezwingen. In der Erinnerung an meine Liebe gab es die Veranda, die Silhouette in einem Korbsessel, die sie von der größeren und lebhafteren Gestalt schied, die morgens durch die Wohnung ging oder mit der Katze spielte und erst mit der Dämmerung wieder zu dem wurde, was ich so gern gehabt hatte, was mich so in sie verliebt machte.

Vielleicht es ihr sagen. Ich fand nicht die Zeit dazu, ich glaube, ich zögerte, weil ich sie mir lieber so bewahren wollte, das Gefühl der Fülle war so stark, daß ich nicht an ihr vages Schweigen denken wollte, eine Geistesabwesenheit, die ich vorher nicht an ihr gekannt hatte, diese Art, mich für Augenblicke anzusehen, als suche sie etwas, ein flattriger Blick, der sich dann jäh auf das Nächstliegende stürzte, auf die Katze, auf ein Buch. Auch deswegen war sie mir lieber, es war die melancholische Stimmung der Veranda, der fliederfarbenen Briefumschläge. Als ich einmal mitten in der Nacht aufwachte und sie neben mir schlafen sah, fühlte ich, daß die Zeit gekommen war, es ihr zu sagen, sie endgültig zu der Meinen zu machen, dadurch, daß sie das langsam gewobene Spinnennetz meiner Liebe völlig akzeptierte. Ich tat es nicht, weil Luciana schlief, weil Luciana wach war, weil wir an diesem Dienstag ins Kino gingen, weil wir auf der Suche nach einem Auto für die Ferien waren, weil das Leben sich mit starkem Scheinwerferlicht einmischte, vor und nach der Abenddämmerung, wenn das aschfarbene Licht während dieser Ruhezeit im Korbsessel seine Vollkommenheit zu erlangen schien. Daß sie jetzt so wenig mit mir sprach, daß sie mich manchmal wieder ansah, als suche sie etwas, das sie verloren hatte, unterdrückte in mir das dunkle Bedürfnis, ihr die Wahrheit zu gestehen, zu gestehen, ihr endlich von dem kastanienbraunen Haar, von dem Licht in der Veranda zu sprechen. Ich fand nicht die Zeit dazu, eine zufällige Änderung der Probenzeiten führte mich eines späten Vormittags ins Stadtzentrum, ich sah sie aus einem Hotel kommen, ich erkannte sie nicht wieder, als ich sie erkannte, ich begriff nicht, als ich begriff, daß sie Arm in Arm mit einem Mann ging, der größer war als ich, ein Mann, der sich ein wenig zu ihr herabbeugte, um sie aufs Ohr zu küssen, um sein Kraushaar an Lucianas kastanienbraunem Haar zu reiben.

Passatwinde

Schwer zu sagen, wer auf die Idee gekommen war, vielleicht Vera am Abend ihres Geburtstags, als Mauricio unbedingt wollte, daß sie noch eine Flasche Champagner tränken, und sie zwischendurch in dem von Zigarettenrauch und Mitternacht geschwängerten Salon tanzten, aber vielleicht auch Mauricio in dem Augenblick, da der *Blues in Thirds* ihnen von ganz fern ihre erste gemeinsame Zeit, ihre ersten Schallplatten in Erinnerung brachte, als die Geburtstage noch mehr waren als nur eine periodisch wiederkehrende, genau bemessene Zeremonie. Es war wie ein Spiel, als sie beim Tanzen darüber sprachen, lächelnde Komplizen in der allmählichen Benebelung durch den Alkohol und den Rauch, als sie sich sagten, warum auch nicht, letzten Endes könnten sie es machen, und dort würde jetzt Sommer sein; gemeinsam hatten sie sich desinteressiert den Prospekt des Reisebüros angesehen, und plötzlich war Mauricio oder Vera die Idee gekommen, einfach telefonieren, zum Flughafen fahren, mal sehen, ob das Spiel sich lohnt, so was tut man sofort oder nie, was ist schon dabei, schlimmstenfalls kehrt man mit der gleichen liebenswürdigen Ironie zurück, mit der sie von so vielen langweiligen Reisen zurückgekehrt waren, es jetzt aber mal anders versuchen, das Spiel spielen, Bilanz ziehen, einen Entschluß fassen.

Denn diesmal (und das war das Neue, die Idee, die Mauricio gekommen war, die aber auch einem nachdenklichen Augenblick Veras entsprungen sein konnte, zwanzig gemeinsam verlebte Jahre, die geistige Symbiose, die Sätze, die von einem begonnen und vom anderen am anderen Ende des Tisches oder der Telefonleitung beendet werden), diesmal könnte es anders werden, sie brauchten nur die Verhaltensregeln aufzustellen, und sie begeisterten sich für den völlig absurden Plan, verschiedene Flugzeuge zu nehmen und als einander unbekannt im Hotel anzukommen, sie würden es dem Zufall überlassen, sie nach ein oder zwei Tagen im Speisesaal oder am Strand miteinander bekannt zu machen, würden sich unter die anderen Feriengäste mischen, Bekanntschaften machen, höflich miteinander verkehren, bei Cocktailparties auf Beruf und Familie anspielen, unter so vielen anderen Berufen und Lebensverhältnissen, lauter Menschen, die wie sie im Urlaub den flüchtigen Kontakt suchen. Keiner würde sich über den gemeinsamen Familiennamen wundern, da es ein gewöhnlicher Familienname war, es würde sehr vergnüglich sein, das allmähliche gegenseitige Kennenlernen zu gradieren, seinen Rhythmus dem des Kennenlernens der anderen Hotelgäste anzupassen, sich jeder für sich mit den anderen zu unterhalten, dem Zufall der Begegnungen nachzuhelfen und sich von Zeit zu Zeit allein zu treffen und sich anzusehen wie jetzt, während sie den *Blues in Thirds* tanzten und für Augenblicke innehielten, die Champagnerkelche erhoben und genau im Takt der Musik anstießen, höflich, wohlerzogen und müde, und schon halb zwei bei soviel Rauch und dem Parfüm, das Mauricio Vera an diesem Abend aufs Haar gesprüht und sich dabei gefragt hatte, ob es auch das richtige Parfüm war, ob Vera den Kopf heben und ein wenig schnuppern und es gutheißen würde, ob er Veras Anerkennung erhalten würde, die so schwer und so selten zu erreichen war.

Immer hatten sie nach ihren Geburtstagsfeiern miteinander geschlafen, mit verdrossener Liebenswürdigkeit hatten sie auf den Aufbruch der letzten Freunde gewartet, aber diesmal, wo niemand da war, wo sie niemanden eingeladen hatten, weil es sie mehr langweilte, mit Leuten zusammenzusein als allein zu sein, tanzten sie so lange, bis die Platte zu Ende war, blieben umschlungen stehen und sahen sich durch einen Nebel aus Schläfrigkeit an, verließen dann das Wohnzimmer, wobei sie einen imaginären Rhythmus beibehielten, gingen versunken und fast glücklich und barfuß über den Teppich des Schlafzimmers, verweilten, langsam sich entkleidend, am Bettrand, einander helfend und es sich erschwerend, und Küsse und Knöpfe und wieder das Zusammenfinden, jeder unausbleiblich mit seiner Vorliebe, jeder richtete sich nach dem Licht der Lampe, das sie dazu verurteilte, die alten Bilder vor sich zu sehen, die bewußten Worte zu flüstern, und nach dieser Wiederholung der Formeln, die sich der

Worte und der Körper bemächtigt hatten wie eine notwendige, fast zärtliche Pflicht, das langsame Versinken in schale Benommenheit.

Am nächsten Morgen war Sonntag, und es regnete, sie frühstückten im Bett und beschlossen die Sache im Ernst; jetzt mußte man die Regeln festlegen, jede Phase der Reise, damit es nicht eine Reise wie all die anderen werde und vor allem keine Rückkehr wie all die anderen. Sie nahmen die Finger zu Hilfe: erstens, sie würden getrennt reisen; zweitens, sie würden in verschiedenen Zimmern wohnen, damit nichts sie daran hindere, den Sommer richtig zu genießen; drittens, es würde keine Vorhaltungen und keine Blicke geben wie die, die sie zur Genüge kannten; viertens, ein Zusammentreffen ohne Zeugen würde es ihnen erlauben, Eindrücke auszutauschen und zu sehen, ob die Mühe sich lohnte; der Rest war Routine, sie würden im selben Flugzeug zurückfliegen, da die anderen sie dann ja nicht mehr interessierten (oder doch, aber das würde sich aus Punkt vier ergeben). Was danach geschehen würde, blieb ohne Nummer, gehörte in eine Phase, die entschieden und ungewiß zugleich war, die auf Zufall beruhende Summe, bei der alles möglich war und worüber man nichts sagen konnte. Die Flugzeuge nach Nairobi gingen donnerstags und sonnabends, Mauricio reiste mit dem ersten, nach einem gemeinsamen Lachsessen, bei dem sie sich zutranken und einander für alle Fälle Talismane schenkten, vergiß das Chinin nicht und denk daran, daß du immer die Rasiercreme und die Sandalen vergißt.

Gutgelaunt kam sie in Mombasa an, eine Stunde Fahrt mit dem Taxi, das sie nach *Trade Winds* bringen sollte, in einen Bungalow am Strand mit Affen, die in den Kokospalmen herumturnten, und lächelnden afrikanischen Gesichtern, von weitem sah sie Mauricio, der sich schon eingelebt hatte und im Sand mit einem Pärchen und einem Alten mit rotem Backenbart Ball spielte. Die Cocktailstunde führte sie in der zum Meer hin offenen Veranda zusammen, man sprach über Muscheln und Korallenriffe, Mauricio trat mit einer Frau und zwei jungen Männern ein, irgendwann wollte er wissen, woher Vera komme, und erzählte, er komme aus Frankreich und sei Geologe. Vera fand es nicht übel, daß Mauricio Geologe sein sollte, und sie antwortete auf die Fragen der anderen Touristen, die Pädiatrie mache es von Zeit zu Zeit erforderlich, daß sie sich ein paar Tage erhole, um nicht der Depression zu verfallen, der Alte mit dem roten Backenbart war ein pensionierter Diplomat, seine Gattin kleidete sich, als wäre sie zwanzig, aber es stand ihr gar nicht so schlecht in einer Umgebung, wo fast alles einem Farbfilm ähnelte, Kellner und Affen eingeschlossen, und auch der Name *Trade Winds*, der an Joseph Conrad und Somerset Maugham erinnerte, die Cocktails, die in Kokosnußschalen gereicht wurden, die offenen Hemden, der Strand, wo man nach dem Abendessen spazierengehen konnte bei einem so erbarmungslosen Mond, daß die dahinziehenden Wolken ihre Schatten auf den Sand warfen, zum Erstaunen der Leute, die für gewöhnlich ein schmutziger, nebliger Himmel bedrückt.

Die Letzten werden die Ersten sein, dachte Vera, als Mauricio sagte, man habe ihm ein Zimmer im modernsten Trakt des Hotels gegeben, sehr wohnlich, allerdings ohne den Reiz der Bungalows am Strand. Abends spielte man Karten, der Tag war ein endloser Dialog zwischen Sonne und Schatten, dem Meer und den Schutz bietenden Palmen, bei jedem Peitschenhieb der Brandung den bleichen und matten Körper wiederentdecken, mit Kanus zu den Klippen fahren, um mit Taucherbrillen zu tauchen und die blauen und roten Korallen zu sehen, die Fische, die unschuldig um einen herumschwammen. Über die Begegnung mit zwei Seesternen, der eine rotgefleckt, der andere violett und mit Dreiecken übersät, wurde am zweiten Tag viel gesprochen, wenn es nicht schon der dritte war, die Zeit glitt dahin wie das laue Meerwasser auf der Haut, Vera schwamm mit Sandro, der zwischen zwei Cocktails aufgetaucht war und behauptete, er habe Verona und die Autos satt, der Engländer mit dem roten Backenbart hatte einen Sonnenbrand, und der Arzt sollte aus Mombasa kommen, die Langusten in ihrer Grabstatt aus Mayonnaise und Zitronenscheiben waren unglaublich groß: Ferien. Von Anna hatte man nur ein fernes, fast distanziertes Lächeln gesehen, am vierten Abend kam sie an die Bar, um sich etwas zu trinken zu holen, und ging mit ihrem Glas auf die Veranda, wo die Dreitageveteranen sie mit Informationen und Ratschlägen empfingen, im Norden gab es gefährliche Seeigel, auf keinen Fall durfte man im Kanu ohne Hut fahren, sollte auch etwas mitnehmen, um sich die Schultern zu bedecken, der arme Engländer mußte es teuer bezahlen, und die Schwarzen versäumten immer, die Touristen zu warnen, denn für sie, natürlich, und Anna dankte zurückhaltend, trank langsam ihren Martini, so als wollte sie zeigen, daß sie gekommen war, um allein zu sein, daß sie Stockholm oder Kopenhagen vergessen mußte. Ohne lange nachzudenken, beschloß Vera, daß Mauricio und Anna, ganz bestimmt Mauricio und Anna, noch bevor vierundzwanzig Stunden vergangen waren, sie spielte gerade mit Sandro Pingpong, als sie sah, wie die beiden ans Meer gingen und sich in den Sand legten, Sandro spöttelte über Anna, die ihm zu wenig kommunikativ war, die nordischen Nebel, er gewann die Partien ohne Mühe, aber als italienischer Kavalier zedierte er ihr dann und wann ein paar Punkte, was Vera merkte und ihm schweigend dankte, einundzwanzig zu achtzehn, gar nicht schlecht, sie machte Fortschritte, eine Frage der Hingabe.

Irgendwann vor dem Einschlafen dachte Mauricio, daß sie es doch ganz gut machten, fast komisch, wenn man sich vorstellte, daß Vera hundert Meter von seinem Zimmer entfernt in dem beneidenswerten Bungalow schlief, von Palmen liebkost, was für ein Glück du hattest, mein Kind. Sie waren bei einem Ausflug zu den nahegelegenen Inseln zusammengetroffen, und es hatte ihnen viel Spaß gemacht, mit den anderen um die Wette zu schwimmen und Ball zu spielen; Anna hatte sich die Schultern verbrannt, und Vera gab ihr eine Salbe mit todsicherer Wirkung, schließlich kennt sich eine Kinderärztin in Salben aus, zögernde Rückkehr des Engländers, in einen himmelblauen Hausmantel gehüllt, am Abend wurde im Radio von Jomo Kenyatta und den Stammesproblemen gesprochen, jemand wußte eine Menge über die Massai und unterhielt bei vielen Drinks die anderen mit Legenden und Löwen, Karen Blixen und der Echtheit der Amulette aus Elefantenhaar, echtes Nylon, und so war es mit allem in diesen Ländern. Vera wußte nicht, ob es Mittwoch oder Donnerstag war, als Sandro sie zum Bungalow begleitete, nachdem sie einen langen Spaziergang am Strand gemacht und sich geküßt hatten, wie dieser Strand und dieser Mond es verlangten, sie ließ ihn eintreten, kaum daß er ihr die Hand auf die Schulter gelegt hatte, sie ließ sich die ganze Nacht lieben, hörte sonderbare Dinge, lernte es anders kennen und schlief langsam ein, wobei sie jede Minute der weiten Stille unter dem unglaublich feinen Moskitonetz genoß. Bei Mauricio war es zur Siesta, nach einem Essen, bei dem seine Knie Annas Schenkel berührt hatten, begleitete er sie in ihre Etage, murmelte vor ihrer Tür ein »Bis später« und sah, wie Annas Hand auf der Klinke zögerte, er ging mit ihr hinein, und sie überließen sich einer Lust, die sie erst am Abend freigab, als einige sich schon fragten, ob sie vielleicht krank seien, und Vera zwischen zwei Schlucken unsicher lächelte und sich die Zunge an einem Getränk aus Campari und Kenia-Rum verbrannte, das Sandro an der Bar gemixt hatte, zum großen Erstaunen von Moto und Nikuku, diese Europäer werden langsam alle verrückt.

Laut Abmachung Sonnabend um sieben, Vera nutzte eine Begegnung ohne Zeugen am Strand und wies auf einen entfernten Palmenhain, der ihr passend schien. Sie umarmten sich mit alter Zärtlichkeit und lachten sich an wie Kinder, wie brav sie doch Punkt vier ihrer Abmachung befolgten. Es war eine sanfte Einsamkeit aus Sand und dürren Zweigen; Zigaretten und diese Bräune des fünften oder sechsten Tages, wenn die Augen wie neu glänzen und Sprechen ein Fest ist. Es geht doch sehr gut mit uns, sagte Mauricio gleich, und Vera, ja, natürlich, es geht sehr gut, man sieht es an deinem Gesicht und am Haar, wieso am Haar, weil es einen anderen Glanz hat, das kommt vom Salzwasser, Dummerchen, kann sein, aber Salz macht die Haare eher klitschig, vor Lachen konnten sie nicht weitersprechen, es tat wohl, nichts zu sagen, während sie lachten und einander anblickten, ein letztes Stück Sonne tauchte schnell unter, die Tropen, sieh genau hin und du wirst den legendären grünen Strahl sehen, das hab ich schon von meinem Balkon aus versucht und nichts gesehen, ah, natürlich, der Herr hat einen Balkon, ja, meine Dame, einen Balkon, dafür haben Sie einen Bungalow für Gitarrenspiel und Orgien. Leicht ins Schleudern geraten, noch eine Zigarette, wirklich, es ist wunderbar, hat etwas Prickelndes. Wenn du es sagst, wird es so sein. Und deine, erzähl. Ich finde es nicht schön, daß du deine sagst, das klingt nach Preisverteilung. Ist es ja auch. Gut, aber nicht so, nicht mit Anna. Oh, was für eine zuckersüße Stimme, du sagst Anna, als delektiertest du dich an jedem Buchstaben. Nicht an jedem, aber. Du bist gemein. Und was bist du? Für gewöhnlich bin nicht ich es, die sich delektiert, obgleich. Dacht ich mir's doch, diese Italiener kommen alle geradewegs aus dem Dekamerone. Moment mal, wir machen hier keine Gruppentherapie, Mauricio. Pardon, es ist keine Eifersucht, welches Recht hätte ich dazu. Ah, *good boy*. Also ja? Also ja, ist ja toll, einfach unglaublich toll. Ich gratuliere dir, es würde mir auch nicht gefallen, wenn es dir schlechter ginge als mir. Ich weiß nicht, wie es dir geht, aber Punkt vier besagt, daß. Einverstanden, aber es ist nicht leicht, es in Worten auszudrücken, Anna ist eine Woge, ein Seestern. Der rote oder der violette? Alle beide, ein goldener Strom, rosa Korallen. Der Herr ist ein skandinavischer Dichter. Und Sie sind eine ausschweifende Venezianerin. Er ist nicht aus Venedig, sondern aus Verona. Das bleibt sich gleich, in jedem Fall muß man unweigerlich an Shakespeare denken. Hast recht, darauf bin ich gar nicht gekommen. Kurzum, so geht's mit uns. Ja, so geht's mit uns, Mauricio, wir haben noch fünf Tage. Vor allem fünf Nächte, nutze sie gut. Ich glaube schon, er hat versprochen, mir Kniffe zu zeigen, wie man zur Wirklichkeit gelangt, wie er es nennt. Die wirst du mir erklären, hoffe ich. Ausführlich, das kannst du mir glauben, und du wirst mir von deinem Fluß aus Gold und den blauen Korallen erzählen. Rosa Korallen, Mädchen. Nun, du siehst, wir vertrödeln unsere Zeit nicht. Das wird sich zeigen, jedenfalls vertrödeln wir nicht die Gegenwart, und da wir gerade davon sprechen, es ist nicht gut, daß wir uns so lange bei Punkt vier aufhalten. Noch ein kurzes Bad vor dem Whisky? Whisky, so was Ordinäres, ich lasse mir

Carpano mit Gin und Angostura mixen. Oh, Verzeihung. Macht nichts, für solche Feinheiten braucht es Zeit, wir wollen nach dem grünen Strahl suchen, wer weiß, vielleicht.

Freitag, Robinson-Tag, jemand erinnerte zwischen zwei Drinks daran, und man sprach eine Weile von einsamen Inseln und Schiffbrüchen, eine kurze und heftige warme Regenbö brach herein, die die Palmen silbern färbte und einen neuen Schwung lärmender Vögel mitbrachte, worauf prompt Die Zugvögel, Der Alte Seemann und sein Albatros, es waren Leute, die zu leben wußten, jeder Whisky war umrankt mit Folklore, alte Lieder von den Hebriden oder aus Guadaloupe, gegen Ende des Tages dachten Vera und Mauricio das gleiche, das Hotel verdiente wirklich seinen Namen, es war für sie die Zeit der Passatwinde, Anna die Spenderin längst vergessenen Rauschs, Sandro der Erfinder feiner Kniffe, diese Passatwinde brachten ihnen andere Zeiten zurück, Zeiten ohne Gewohnheiten, die auch sie einst erlebt hatten, Erfindungen und Blendungen im Meer der Bettücher, nur daß jetzt, nur daß jetzt nicht mehr, und deshalb die Passatwinde, die noch bis Dienstag wehen würden, genau bis zum Ende des Zwischenspiels, das wieder die ferne Vergangenheit war, eine Augenblicksreise zu den Quellen, die erneut zu sprudeln begonnen hatten, sie in einer gegenwärtigen, wenngleich schon bekannten Wonne badeten, einer Wonne, die sie schon vor den Abmachungen kannten, vor dem *Blues in Thirds*.

Sie sprachen nicht darüber, als sie sich in Nairobi in der Boeing trafen und sich die erste Zigarette der Rückreise anzündeten. Sich anzusehen wie früher erfüllte sie mit etwas, wofür es keine Worte gab und worüber sie beide zwischen Drinks und Anekdoten aus *Trade Winds* schwiegen, irgendwie mußten sie sich *Trade Winds* bewahren, sie wollten sich weiter von den Passatwinden treiben lassen, die gute alte Segelschiffahrt sollte wiederkehren und die Schiffsschrauben zerstören, Schluß machen mit dem schmutzigen, zähflüssigen Treibstoff des Alltags, der den Champagner der Geburtstage, die Hoffnung jeder Nacht verdarb. Passatwinde von Anna und von Sandro, sie ließen sie sich weiterhin ins Gesicht wehen, während sie sich zwischen zwei Zügen an der

Zigarette ansahen, warum jetzt Mauricio, wo da immer noch Sandro war, seine Haut und sein Haar und seine Stimme, die Mauricios Gesicht verfeinerte, so wie Annas heiseres Lachen mitten im Beischlaf jenes Lächeln auslöschte, mit dem Vera freundlicherweise ihre Abwesenheit beschönigte. Einen Punkt sechs gab es nicht, aber sie konnten ihn sich wortlos ausdenken, es war ganz natürlich, daß er Anna irgendwann zu einem weiteren Whisky einlud und daß sie, seine Wange liebkosend, einwilligte und ja sagte, ja, Sandro, es wäre wirklich gut, wenn wir noch einen Whisky tränken, um die Höhenangst loszuwerden, so spielten sie während des ganzen Fluges, es bedurfte keiner Abmachung mehr, um zu beschließen, daß Sandro Anna auf dem Flughafen anbieten würde, sie nach Hause zu begleiten, was Anna aus reiner Hochachtung vor soviel Ritterlichkeit annehmen würde, und vor dem Haus angelangt, wäre sie es, die ihre Schlüssel in der Tasche suchen und Sandro einladen würde, auf einen Drink hereinzukommen, sie ließe ihn den Koffer im Flur abstellen und würde ihm den Weg ins Wohnzimmer zeigen, sich wegen des Staubs und der abgestandenen Luft entschuldigend, würde die Vorhänge zuziehen und Eiswürfel holen, während Sandro sich mit anerkennender Miene die Schallplattenstapel und die Graphik von Friedländer ansähe. Es war schon nach elf, sie tranken auf ihre Freundschaft, und Anna brachte eine Dose Gänseleberpastete und Toastbrot, Sandro half ihr, die Appetithappen zu machen, aber sie kamen nicht dazu, sie zu kosten, Hände und Lippen suchten einander, sie ließen sich aufs Bett fallen und zogen sich, schon eng umschlungen, aus, suchten einander zwischen Gürteln und Kleidern, rissen sich das letzte Zeug vom Leibe und schlugen die Bettdecke zurück, dämpften das Licht und nahmen sich langsam, suchend und flüsternd, vor allem aber voll Hoffnung und diese Hoffnung einander zuflüsternd.

Wer weiß, wann wieder die Drinks und die Zigaretten kamen, die Kopfkissen, um sich aufzusetzen und beim Licht der auf dem Boden stehenden Lampe zu rauchen. Sie sahen sich kaum an, die Worte prallten gegen die Wand und kamen in einem langsamen Ballspiel für Blinde zurück, und sie fragte als erste, so als fragte sie sich selbst, was nach *Trade Winds* aus Vera und Mauricio würde, was nach der Rückkehr aus ihnen würde.

»Sie werden es schon gemerkt haben«, sagte er. »Sie werden schon begriffen haben, und dann können sie nichts mehr machen.«

»Man kann immer noch etwas machen«, sagte sie, »Vera wird nicht so weitermachen, man braucht sie nur anzusehen.«

»Mauricio auch nicht«, sagte er, »ich habe ihn nur flüchtig kennengelernt, aber es war ganz klar zu sehen. Keiner von beiden wird so weitermachen, man kann sich leicht vorstellen, was sie tun werden.«

»Ja, wirklich, es ist, als sähe man es.«

»Sie werden nicht geschlafen haben, so wie wir, und jetzt werden sie leise miteinander sprechen, ohne sich anzusehen. Sie haben sich nichts mehr zu sagen, und ich glaube, es wird Mauricio sein, der die Schublade aufzieht und das blaue Fläschchen herausnimmt. Sieh, so ein blaues Fläschchen wie dies hier.«

»Vera wird die Tropfen zählen und sie aufteilen«, sagte sie.

»Sie ist immer sehr praktisch, sie wird das sehr gut machen. Sechzehn für jeden, nicht einmal das Problem mit einer ungeraden Zahl.«

»Sie werden sie auf einmal nehmen, mit Whisky und zur selben Zeit, ohne dem anderen zuvorzukommen.«

»Wird etwas bitter schmecken«, sagte sie.

»Mauricio wird sagen nein, eher sauer.«

»Ja, kann sein, es schmeckt sauer. Und dann werden sie das Licht ausmachen, keiner weiß, warum.«

»Man weiß nie, warum, aber es stimmt, sie werden das Licht ausmachen und sich umarmen. Ganz sicher, ich weiß, daß sie sich umarmen werden.«

»Im Dunkeln«, sagte sie und suchte nach dem Schalter. »So, nicht wahr?«

»Ja, so«, sagte er.

Das zweite Mal

Wir brauchten nur auf sie zu warten, jeder hatte seinen Termin, aber gewiß doch, in aller Ruhe, gemächlich rauchend, von Zeit zu Zeit kam der Schwarze López mit Kaffee, und dann unterbrachen wir die Arbeit und besprachen die Neuigkeiten, fast immer dasselbe, den Besuch des Chefs, die Wechsel bei denen da oben, die Rennergebnisse von San Isidro. Sie konnten natürlich nicht wissen, daß wir auf sie warteten, was man so warten nennt, diese Dinge mußten sauber abgewickelt werden, nehmt euch Zeit, so der Chef, er sagte das wieder und wieder, um jeden Zweifel auszuräumen, geht sachte vor, sachte, letztlich war es einfach, wenn etwas schiefging, knöpften sie sich nicht uns vor, die Verantwortlichen saßen oben, und der Chef hatte das Recht auf seiner Seite, nur ruhig, Jungs, sollte es hier mal Schwierigkeiten geben, stehe ich dafür ein, das einzige, worum ich euch bitte, ist, daß ihr euch nicht in der Person irrt, zuerst die Ermittlung, um keinen Mist zu bauen, dann könnt ihr ohne weiteres vorgehen.

Offen gesagt, machten sie uns keine Arbeit, der Chef hatte funktionelle Büros gewählt, damit sie keinen Grund zur Beschwerde hätten, und wir empfingen sie einer nach dem anderen, wie es sich gehört, mit all der erforderlichen Zeit. Sind wir etwa nicht kultiviert! der Chef sagte es wieder und wieder, und es stimmte, alles synchronisiert, da kann man über die IBM nur lachen, hier ging alles wie geschmiert, keine Spur von Eile oder von nun macht schon! Wir hatten immer Zeit für ein Täßchen Kaffee und die Prognosen für den kommenden Sonntag, und der Chef war der erste, der sich Tips geben ließ, und darin war der dürre Bianchetti ein wahres Orakel. So jeden Tag dasselbe, wir kamen mit unseren Zeitungen, der Schwarze López brachte den ersten Kaffee, und nach einer Weile begannen sie dann mit den Formalitäten. So hieß es in der Vorladung, eine Sie betreffende Formalität, wir brauchten da nur zu warten. Freilich hat eine Vorladung, obgleich auf gelbem Papier, immer etwas Ernstes; deshalb hatte María Elena sie sich zu Hause immer wieder angesehen, den grünen Stempel mit der unleserlichen Unterschrift darin und die Angaben von Ort und Zeit. Im Omnibus holte sie noch einmal das Papier aus der Handtasche und zog sicherheitshalber ihre Uhr auf. Man zitierte sie in ein Büro in der Calle Maza, es war seltsam, daß dort ein Ministerium sein sollte, doch ihre Schwester hatte gesagt, daß sie Büros jetzt überall einrichteten, weil die Ministerien zu klein würden, und kaum war sie aus dem Bus gestiegen, sah sie, daß es stimmen mußte, das Viertel hatte nichts Besonderes an sich, drei- bis vierstöckige Häuser und vor allem viele kleine Geschäfte, sogar ein paar Bäume, einige der wenigen, die es im Stadtgebiet noch gab.

»Zumindest wird es eine Flagge haben«, dachte María Elena, als sie sich dem Häuserblock Nummer 700 näherte, vielleicht ist es wie die Botschaften, die sich in den Wohnvierteln befinden, aber schon von weitem an dem bunten Tuch an irgendeinem Balkon zu erkennen sind. Obgleich die Hausnummer ganz deutlich auf der Vorladung stand, wunderte sie sich, keine Nationalflagge zu sehen, und einen Augenblick blieb sie an der Ecke stehen (es war noch zu früh, sie konnte sich Zeit lassen), und ganz ohne Grund fragte sie den Mann vom Zeitungskiosk, ob in diesem Häuserblock die Behörde sei.

»Aber gewiß«, sagte der Mann, »dort in der Mitte des Blocks, doch warum bleiben Sie nicht ein bißchen hier und leisten mir Gesellschaft, Sie sehen ja, wie allein ich bin.«

»Wenn ich zurückkomme«, María Elena lächelte ihn an, ging langsam weiter und besah sich noch einmal das gelbe Papier. Es war kaum Verkehr, fast kein Mensch auf der Straße, eine Katze vor einem Laden, und aus einem Hausflur kam eine dicke Frau mit einem kleinen Mädchen. Die wenigen Autos parkten in Höhe der Behörde, in fast allen saß jemand am Steuer, der Zeitung las oder rauchte. Der Eingang war eng wie alle in dem Häuserblock, der Flur war gekachelt, und am Ende war die Treppe; das Schild an der Tür ähnelte ein wenig dem eines Arztes oder eines Dentisten, nur war es schmutzig und auf der unteren Hälfte klebte ein Zettel, der einen Teil der Inschrift verdeckte. Seltsam, daß es keinen Aufzug gab, drei Stockwerke, und man mußte zu Fuß hinaufsteigen, wo die Vorladung doch so offiziell war mit dem grünen Stempel und der Unterschrift und allem.

Die Tür im dritten Stock war geschlossen, und es war weder eine Klingel noch ein Türschild zu sehen. María Elena drückte die Klinke nieder, und die Tür öffnete sich lautlos; Tabakrauch schlug ihr entgegen, erst dann sah sie die grünen Majolika-Kacheln des Gangs und die Bänke an beiden Seiten mit den wartenden Leuten. Es waren nicht viele, doch bei dem Rauch und dem so engen Gang schienen sie sich mit den Knien zu berühren, die beiden alten Frauen, der Mann mit der Glatze und der junge Mann mit der grünen Krawatte. Sicher hatten sie, um die Zeit totzuschlagen, miteinander geredet, denn als sie die Tür öffnete, hatte María Elena noch das Ende des Satzes einer der Frauen mitgekriegt, doch wie das immer so ist, schwiegen sie auf einmal und blickten sie an, die als letzte eintrat, und wie das auch immer so ist, kam María Elena sich ganz dumm vor, errötete, brachte kaum ein Guten Tag heraus und blieb neben der Tür stehen, bis der junge Mann ihr ein Zeichen machte und auf den freien Platz neben sich wies. Als sie sich setzte und sich bedankte, ging am anderen Ende des Gangs die Tür auf, und ein rothaariger Mann kam heraus, der sich zwischen den Knien der anderen hindurch einen Weg bahnte, ohne auch nur Pardon zu sagen. Der Beamte hielt die Tür mit einem Fuß auf und wartete, bis eine der beiden Frauen sich mühsam erhob und, sich entschuldigend, zwischen María Elena und dem Mann mit der Glatze hindurchging; die Eingangstür und die Bürotür wurden fast gleichzeitig geschlossen, und diejenigen, die zurückblieben, fingen wieder an, sich zu unterhalten, wobei sie sich auf den knarrenden Bänken bequemer zurechtsetzten.

Wie immer hatte jeder sein Thema, der Mann mit der Glatze die langsame Erledigung der Formalitäten, wenn das schon beim ersten Mal so ist, kann man sich auf was gefaßt machen, man stelle sich vor, über eine halbe Stunde, warum eigentlich, vier Fragen, vielleicht, und tschau! das nehme ich wenigstens an.

»Glauben Sie das nicht«, sagte der junge Mann mit der grünen Krawatte, »ich bin das zweite Mal hier und kann Ihnen versichern, daß es so schnell nicht geht, wo sie alles mit der Maschine abschreiben und es schon mal passiert, daß sich einer nicht genau an ein Datum erinnern kann oder so was, das dauert dann.«

Der Mann mit der Glatze und die alte Frau hörten ihm interessiert zu, weil es für sie offensichtlich das erste Mal war, wie auch für María Elena, obgleich sie sich nicht berechtigt fühlte, sich an dem Gespräch zu beteiligen. Der Mann mit der Glatze wollte wissen, wieviel Zeit zwischen der ersten und der zweiten Vorladung vergehe, und der junge Mann erklärte, daß es in seinem Fall etwa drei Tage gewesen waren. Aber warum zwei Vorladungen? wollte María Elena fragen, und wieder spürte sie, wie ihr die Röte ins Gesicht stieg, und sie wartete, daß jemand sie anspräche und ihr Selbstvertrauen gäbe, sie teilnehmen ließe, so daß sie nicht mehr die letzte wäre. Die alte Frau hatte ein Riechfläschchen hervorgeholt, und seufzend roch sie daran. Da soviel Rauch ihr Wohlbefinden womöglich beeinträchtigte, erbot sich der junge Mann, seine Zigarette auszumachen, und der mit der Glatze sagte, aber sicher, und dieser Gang sei eine Zumutung, sie machten ihre Zigaretten besser aus, wenn sie sich schlecht fühlte, aber die Frau verneinte, nur etwas Atemnot, was gleich vorübergehen werde, bei ihr zu Hause rauchten der Mann und die Jungen die ganze Zeit, ich merke es fast nicht mehr. María Elena, die ebenfalls das Verlangen gehabt hatte, eine Zigarette hervorzuholen, sah, daß die Männer die ihren ausmachten, der junge Mann drückte seine Zigarette an der Schuhsohle aus, man raucht immer zuviel, wenn man warten muß, neulich war es noch schlimmer gewesen, weil er sieben oder acht Leute vor sich gehabt hatte, und bei soviel Rauch konnte man im Gang am Ende nichts mehr sehen.

»Das Leben ist ein Wartesaal«, sagte der Mann mit der Glatze, während er seine Zigarette sehr sorgfältig austrat und sich seine Hände besah, so als wüßte er nicht mehr, was mit ihnen anfangen. Die alte Frau tat einen tiefen, beifälligen Seufzer und steckte das Fläschchen wieder weg, und in dem Moment öffnete sich die hintere Tür, und die andere Frau kam heraus, mit einer Miene, um die alle sie beneideten, und ihr Auf Wiedersehen beim Hinausgehen klang fast mitleidig. Aber nun dauert es nicht mehr lange, dachte María Elena, nur noch drei Personen vor ihr, sagen wir drei Viertelstunden, wenn es bei manchen auch länger brauchte, der junge Mann war schon einmal dagewesen und hatte es gesagt. Und als der Mann mit der Glatze in das Büro ging, entschloß sich María Elena zu fragen, um es genau zu wissen, und der junge Mann dachte eine Weile nach und sagte dann, daß es das erste Mal bei einigen lange gedauert habe, bei anderen weniger lange, man könne nie wissen. Die alte Frau bemerkte dazu, daß die andere Frau fast gleich wieder herausgekommen sei, bei dem Rothaarigen aber habe es eine Ewigkeit gedauert.

»Zum Glück sind wir nur noch wenige«, sagte María Elena, »diese Ämter sind deprimierend.«

»Man muß gelassen bleiben«, sagte der junge Mann, »vergessen Sie nicht, daß Sie wiederkommen müssen, da ist es besser, nicht die Geduld zu verlieren. Als ich das erste Mal hier war, gab es niemand, mit dem man sprechen konnte, wir waren eine Menge Leute, aber irgendwie harmonierte man nicht, wohingegen heute, seit ich hier bin, die Zeit schneller vergeht, weil man miteinander redet.«

María Elena unterhielt sich gern weiter mit dem jungen Mann, und die Frau merkte kaum, wie die Zeit verging, und als der Mann mit der Glatze herauskam, erhob sie sich mit einer Fixigkeit, die man ihrem Alter nicht zugetraut hätte, die Arme wollte die Angelegenheit schnell hinter sich bringen.

»So, jetzt kommen wir dran«, sagte der junge Mann. »Macht es Ihnen was aus, wenn ich eine Zigarette rauche? Ich halt's nicht länger aus, aber der Frau schien so übel ...«

»Auch ich möchte gern eine rauchen.«

Sie nahm die Zigarette, die er ihr anbot, und sie sagten einander ihre Namen und wo sie arbeiteten, es tat ihnen gut, Meinungen auszutauschen und darüber den Flur zu vergessen, die Stille, die ihnen in manchen Augenblicken zu groß schien, so als wären die Straßen und die Leute auf einmal sehr fern. Auch María Elena hatte in Floresta gewohnt, aber als kleines Mädchen, heute wohnte sie in Constitución. Carlos gefiel dieses Viertel nicht, er zog den Westen vor, Bäume und bessere Luft. Sein Ideal wäre, in Villa del Parque zu wohnen; wenn er heiratete, mietete er sich vielleicht eine Wohnung in der Gegend, sein künftiger Schwager hatte versprochen, ihm dabei zu helfen, er war ein Mann mit vielen Beziehungen und würde schon etwas erreichen.

»Ich weiß nicht, warum, aber ich habe das Gefühl, daß ich mein ganzes Leben in Constitución verbringen werde«, sagte María Elena. »So schlecht ist das schließlich auch nicht. Und wenn ich einmal...«

Sie sah, wie die hintere Tür aufging, und blickte fast erstaunt den jungen Mann an, der ihr beim Aufstehen zulächelte, da sehen Sie, wie schnell beim Plaudern die Zeit vergangen ist, die Frau grüßte die beiden freundlich, sie schien so froh, daß sie gehen durfte, alle wirkten sie jünger und munterer, wenn sie herauskamen, so als wäre eine Last von ihnen genommen, die Sache war erledigt, eine Sorge weniger und draußen die Straße, die Cafés, wo sie vielleicht ein Gläschen oder einen Tee tranken, um sich wirklich jenseits des Warteraums und der Formulare zu fühlen. Jetzt würde María Elena, die allein war, die Zeit lang werden, obgleich, wenn es so weiterginge, Carlos schon bald wieder herauskommen mußte, aber bei manchen dauerte es länger als bei den anderen, weil es das zweite Mal war, und wer weiß, um welche Angelegenheit es sich bei ihm handelte.

Sie verstand zuerst nicht recht, als sie die Tür aufgehen sah und der Beamte sie anblickte und ihr mit einer Kopfbewegung zu verstehen gab, daß sie hereinkommen möge. Sie sagte sich, daß Carlos wohl noch eine Weile dableiben mußte, um Papiere auszufüllen, und man sich unterdessen mit ihr befassen wollte. Sie grüßte den Beamten und betrat das Büro; kaum hatte sie die Schwelle überschritten, als ein anderer Beamter ihr einen Stuhl vor einem schwarzen Schreibtisch anwies. Es waren mehrere Beamte in dem Büro, alles Männer, aber Carlos war nicht da. Auf der anderen Seite des Schreibtisches sah ein Beamter mit kränklichem Aussehen auf einer Liste nach; ohne aufzusehen, streckte er die Hand aus, und María Elena begriff erst nicht, daß er sie um die Vorladung bat, auf einmal wurde es ihr klar, und etwas verwirrt,

Entschuldigungen stammelnd, suchte sie danach, zog zwei oder drei Dinge aus ihrer Handtasche und fand schließlich das gelbe Papier.

»Füllen Sie das aus«, sagte der Beamte und reichte ihr ein Formular. »In Großbuchstaben, bitte recht deutlich.«

Es waren die üblichen albernen Fragen, Name und Vorname, Alter, Geschlecht, Wohnort. Zwischen zwei Worten fühlte María Elena sich von etwas beunruhigt, etwas, das ihr nicht ganz klar war. Nicht von etwas im Fragebogen, wo sie nur die Lücken auszufüllen brauchte; von etwas in der Umgebung, etwas, das fehlte oder nicht an seinem Platz war. Sie hörte auf zu schreiben und blickte umher, da waren die anderen Tische mit den Beamten, die arbeiteten oder miteinander redeten, die schmutzigen Wände mit Plakaten und Fotos, zwei Fenster, die Tür, durch die sie hereingekommen war, die einzige Tür des Büros. *Beruf*, und daneben die punktierte Linie; sie füllte die Lücke automatisch aus. Die einzige Tür des Büros, aber Carlos war nicht da. *Beschäftigt seit wann*. In Großbuchstaben, bitte recht deutlich.

Als sie unten unterschrieb, sah der Beamte sie an, als hätte sie zum Ausfüllen des Fragebogens übermäßig lange gebraucht. Er studierte das Papier einen Augenblick, fand nichts zu beanstanden und legte es in einen Aktendeckel. Der Rest waren Fragen, einige überflüssige, weil sie die schon im Fragebogen beantwortet hatte, aber auch solche, die die Familie betrafen, die Wohnungswechsel in den letzten Jahren, die Versicherungen, ob sie oft reise und wohin, ob sie einen Paß habe oder daran denke, einen zu beantragen. Niemand schien sich für die Antworten sonderlich zu interessieren, jedenfalls notierte sie der Beamte nicht. Unvermittelt sagte er zu María Elena, daß sie gehen könne, in drei Tagen um elf solle sie wiederkommen; eine schriftliche Vorladung sei nicht nötig, doch solle sie es nicht vergessen.

»Ja, Señor«, sagte María Elena und stand auf, »dann also am Donnerstag um elf.«

»Auf Wiedersehen«, sagte der Beamte, ohne sie anzusehen.

Im Gang war niemand, und wie alle anderen hatte sie es eilig, hier herauszukommen, sie atmete auf, sehnte sich danach, auf die Straße zu kommen, all das hinter sich zu lassen. María Elena öffnete die Flurtür, und als sie die Treppe hinunterzugehen begann, mußte sie wieder an Carlos denken, es war seltsam, daß Carlos nicht wie die anderen wieder herausgekommen war. Es war seltsam, weil das Büro nur eine Tür hatte, vielleicht hatte sie nicht richtig gesehen, weil es gar nicht sein konnte, der Beamte hatte die Tür geöffnet, damit sie hereinkäme, und Carlos war ihr nicht begegnet, er war nicht herausgekommen wie alle anderen, der Rothaarige, die Frauen, alle außer Carlos.

Die Sonne prallte auf das Pflaster, da war der Lärm und die Luft der Straße; María Elena ging ein paar Schritte und blieb dann unter einem Baum stehen, an einer Stelle, wo keine Wagen parkten. Sie sah zur Tür des Hauses hin, sie sagte sich, daß sie einen Augenblick warten wolle, um Carlos herauskommen zu sehen. Es konnte nicht sein, daß Carlos nicht herauskäme, alle waren nach Erledigung der Formalitäten wieder herausgekommen. Sie dachte, daß es bei ihm vielleicht länger dauerte, weil er der einzige war, der das zweite Mal gekommen war; wer weiß, vielleicht war das der Grund. Es kam ihr doch sehr seltsam vor, daß sie ihn nicht im Büro gesehen hatte, vielleicht gab es eine durch die Plakate verdeckte Tür, etwas, das ihr entgangen war, aber auch dann war es seltsam, weil alle durch die Tür, die auf den Flur ging, herausgekommen waren, alle, die das erste Mal gekommen waren wie sie, waren durch diese Tür herausgekommen.

Bevor sie ging (sie hatte eine Weile gewartet, aber sie konnte nicht länger da stehenbleiben), dachte sie daran, daß sie am Donnerstag wiederkommen sollte. Möglich, daß es dann anders sein würde und daß man sie dann woanders hinausließe, obgleich sie nicht wußte, wo, noch warum. Sie natürlich nicht, aber wir wußten es, wir würden auf sie und die anderen warten, in aller Ruhe rauchen und miteinander plaudern, während der Schwarze López uns noch einen der vielen Morgenkaffees machte.

Sie legten sich neben dich

Für G.H., die mir dies mit einer Anmut erzählte, die sie hier nicht finden wird.

Wann hatte sie ihn das letzte Mal nackt gesehen?

Es war eigentlich keine Frage, Sie kamen gerade aus der Kabine, zupften sich den Büstenhalter des Bikinis zurecht und hielten Ausschau nach Ihrem Sohn, der am Ufer auf Sie wartete, und dann das, ganz unwillkürlich, die Frage, aber eine Frage, die nicht wirklich eine Antwort verlangte, eher Ausdruck eines plötzlich empfundenen Mangels war: der kindliche Körper Robertos unter der Dusche, das Massieren des verletzten Knies, Bilder, die schon seit langem nicht wiedergekehrt waren, jedenfalls war es Monate, viele Monate her, daß Sie ihn das letzte Mal nackt gesehen hatten; über ein Jahr, die Zeit, in der Roberto jedesmal, wenn seine Stimme gickste, gegen die Schamröte ankämpfte, das Ende des Vertrauens, der Zuflucht in Ihre Arme, wenn er Kummer hatte oder ihm etwas weh tat; wieder sein Geburtstag, der fünfzehnte, schon vor sieben Monaten, und dann die verschlossene Badezimmertür, das Gutenachtsagen im Pyjama, den er sich im Schlafzimmer allein anzog, Ihnen nur noch dann und wann um den Hals fallend, die ungestüme Zärtlichkeit und die feuchten Küsse, Mama, liebe Mama, liebe Denise, Mama oder Denise je nach Laune und Tageszeit, du junger Hund, du, Roberto, Denises kleiner junger Hund, da liegt er am Strand und betrachtet sich die Algen, die die Grenze der Flut markieren, hebt ein wenig den Kopf, um Ihnen, die Sie von den Kabinen auf ihn zukamen, entgegenzusehen, wobei du zustimmend die Zigarette zwischen den Lippen preßtest.

Sie legten sich neben dich, und du richtetest dich auf, um nach den Zigaretten und dem Feuerzeug zu suchen.

»Nein, danke, später«, sagten Sie und holten die Sonnenbrille aus dem Beutel, auf den du, während Denise sich umzog, aufgepaßt hattest.

»Soll ich dir einen Whisky holen?« fragtest du sie.

»Besser nach dem Schwimmen. Gehen wir?«

»Ja, klar«, sagtest du.

»Ist dir egal, nicht wahr? Dir ist zur Zeit alles egal, Roberto.«

»Was du nicht alles weißt, Denise.«

»Das ist kein Vorwurf, ich verstehe ja, daß du mit deinen Gedanken ganz woanders bist.«

»Pah!« sagtest du, das Gesicht abwendend.

»Warum ist sie nicht zum Strand gekommen?«

»Wer, Lilian? Was weiß ich, gestern abend fühlte sie sich nicht wohl, hat sie gesagt.«

»Auch ihre Eltern sehe ich nicht,« sagten Sie und suchten mit ihren etwas kurzsichtigen Augen langsam den Horizont ab. »Wir sollten uns im Hotel erkundigen, ob jemand krank ist.«

»Ich gehe später hin«, sagtest du brummig, das Thema abbrechend.

Sie erhoben sich, und du folgtest ihr ein paar Schritte, wartetest, daß sie sich ins Wasser stürze, gingst dann selbst langsam hinein, schwammst weit weg von ihr, die die Arme hob und dir zuwinkte, und legtest dann im Schmetterlingsstil los, und als du so tatest, als würdest du mit ihr zusammenstoßen, umarmten Sie ihn lachend und gaben ihm einen Klaps, immer derselbe Grobian, selbst im Meer trittst du mir auf die Füße. Miteinander scherzend, sich gegenseitig entwischend, schwammen sie schließlich mit gleichmäßigen Schwimmbewegungen aufs Meer hinaus; am klein gewordenen Strand war die Silhouette von Lilian, die plötzlich dort aufgetaucht war, ein etwas verloren wirkender kleiner roter Floh.

»Soll sie machen, was sie will«, sagtest du, bevor Sie einen Arm hoben und sie riefen, »wenn sie so spät kommt, hat sie selber schuld, wir bleiben hier, es ist so schön im Wasser.«

»Gestern abend bist du mit ihr bis zur Klippe gegangen und spät zurückgekommen. Hat Ursula mit Lilian nicht geschimpft?«

»Warum sollte sie mit ihr geschimpft haben? Es war gar nicht so spät, und schließlich ist Lilian kein Kind mehr.«

»Für dich nicht, aber für Ursula, die sie immer noch mit einem

Lätzchen sieht, ganz zu schweigen von José Luis, der nie wird wahrhaben wollen, daß das Mädelchen nun jeden Monat seine Regel hat.«

»O du mit deinen schmutzigen Reden«, sagtest du geschmeichelt und verlegen. »Schwimmen wir bis zur Mole um die Wette, Denise, ich gebe dir fünf Meter vor.«

»Bleiben wir doch hier, du wirst schon noch mit Lilian um die Wette schwimmen, und die wird dich bestimmt schlagen. Hast du gestern nacht mit ihr geschlafen?«

»Was? Aber du ...?«

»Du hast Wasser geschluckt, Dummkopf«, sagten Sie, packten ihn am Kinn und versuchten, ihn auf den Rücken zu werfen. »Wäre doch logisch gewesen, nicht? Nachts bist du mit ihr zum Strand gegangen, ihr seid erst spät zurückgekommen, und heute kommt Lilian zu spät, paß doch auf, Esel, schon wieder hast du mir einen Tritt gegen den Knöchel gegeben, nicht mal draußen im Meer ist man sicher vor dir.«

Du machtest den toten Mann, was Sie ihm gleichtaten, und verhieltest dich schweigend, wie abwartend, doch auch Sie warteten, und die Sonne brannte ihnen in den Augen.

»Ich wollte, Mama«, sagtest du, »aber sie nicht, sie ...«

»Wolltest du wirklich, oder sagst du das nur so?«

»Ich glaube, sie wollte auch, wir waren in der Nähe der Klippe, und da war es leicht, weil ich eine Grotte weiß, die ... Aber dann wollte sie nicht, sie hatte Angst ... Was willst du da machen?«

Sie dachten, daß man mit fünfzehneinhalb doch noch recht jung ist, packten ihn am Kopf und küßten ihn aufs Haar, während du lachend protestiertest und jetzt, jetzt wirklich darauf wartetest, daß Denise dir weiter davon rede; schon toll, daß sie davon angefangen hatte.

»Wenn du glaubst, daß Lilian wollte, dann werdet ihr, was ihr gestern nicht getan habt, heute oder morgen tun. Ihr beide seid noch Kinder und liebt euch nicht wirklich, aber das macht ja nichts.«

»Ich liebe sie, Mama, und sie mich auch, ich bin sicher.«

»Ihr beide seid noch Kinder«, wiederholten Sie, »und eben deswegen spreche ich mit dir, denn wenn du heute nacht oder morgen mit Lilian schläfst, werdet ihr es wie Tolpatsche, die ihr seid, machen.«

Du sahst sie zwischen zwei sanften Wellen an, Sie lachten ihm fast ins Gesicht, weil Roberto sichtlich nicht verstand, und du warst geradezu empört, befürchtetest schon, daß Denise nun anfangen würde, dich aufzuklären, um Himmels willen, alles, nur das nicht.

»Ich will damit sagen, daß weder du noch sie im geringsten aufpassen werdet, Dummkopf, und das Ergebnis dieser letzten Ferientage ist dann, daß Ursula und José Luis womöglich erleben müssen, daß ihr Mädchen schwanger ist. Verstehst du jetzt?«

Du sagtest nichts, aber natürlich hattest du verstanden, du hattest schon verstanden, als du Lilian das erste Mal küßtest, du hattest dich mit der Frage beschäftigt, und dann hattest du an die Apotheke gedacht, und aus, weiter warst du nicht gekommen.

»Vielleicht irre ich mich, aber Lilian macht mir den Eindruck, als habe sie von nichts eine Ahnung, außer vielleicht theoretisch, was auf dasselbe hinausläuft. Es freut mich für dich, in einer Hinsicht, aber da du nun schon etwas größer bist, solltest du dich darum kümmern.«

Sie sahen, wie du das Gesicht ins Wasser tauchtest, es dir kräftig riebst und sie wie einer anblicktest, den man gescholten hat. Langsam auf dem Rücken schwimmend, warteten Sie darauf, daß du dich erneut nähertest, um mit dir über eben das zu sprechen, woran du die ganze Zeit gedacht hattest, so als ständest du vor dem Ladentisch der Apotheke.

»Das ist nicht gerade ideal, ich weiß, doch wenn sie noch keine Erfahrung hat, scheint es mir nicht ganz einfach, ihr von der Pille zu reden, abgesehen davon, daß man sie hier ...«

»Daran hatte ich auch schon gedacht«, sagtest du mit deiner rauhesten Stimme.

»Worauf wartest du also noch? Kauf die Dinger, und hab sie in deiner Hosentasche, und vor allem, verlier nicht völlig den Kopf und benutze sie.«

Du tauchtest plötzlich, stießest sie von unten, daß sie schrie und lachte, hülltest sie in eine Wolke aus Schaum und Spritzern, aus der ihre Worte in Fetzen zu dir drangen, zerrissen durch Prusten und Wasserkanonaden, du trautest dich nicht, noch nie hattest du so was gekauft, du trautest dich einfach nicht, du wußtest nicht, wie du es anstellen solltest, in der Apotheke war die alte Delcasse, es gab keine männlichen Verkäufer, wie stellst du dir das vor, Denise, wie soll ich das verlangen, ich werde es nicht können, mir wird heiß werden.

Mit sieben Jahren warst du eines Nachmittags von der Schule mit verschämtem Gesicht nach Hause gekommen, und Sie, die Sie ihn in solchen Fällen nie drängten, hatten gewartet, bis du dich zur Schlafenszeit in ihren Armen wandest, die tödliche Anakonda, wie sie das Spiel nannten, sich vor dem Schlafengehen zu umarmen, und Sie hatten nur einmal zu fragen brauchen, um zu erfahren, daß es dich in einer Pause zwischen den Beinen und am Popo zu jucken begonnen hatte, daß du dich gekratzt hattest, bis Blut kam, und daß du Angst hattest und dich schämtest, weil du dachtest, es wäre die Krätze und du hättest dich bei den Pferden von Don Melchor angesteckt. Und Sie, die ihn küßten, dem die Tränen der Angst und der Scham übers Gesicht liefen, hatten ihn auf den Bauch gelegt, hatten ihm die Beine auseinandergemacht und nach eingehender Untersuchung die Wanzen- oder Flohstiche gesehen, was man sich so in der Schule holt, aber es ist nicht die Krätze, Dummerchen, du hast dich nur blutig gekratzt. Alles ganz einfach, Alkohol und Salbe, mit diesen Fingern, die streichelten und besänftigten, du fühltest dich wie nach der Beichte, glücklich und voller Selbstvertrauen, es ist ja gar nicht so schlimm, Dummerchen, schlaf und morgen früh werden wir noch mal nachsehen. Zeiten, in denen es so war, Bilder, die aus einer so nahen Vergangenheit auftauchten, zwischen zwei Wellen, zwischen Lachen und Lachen, und plötzlich die Kluft durch den Stimmbruch, den Adamsapfel, den Milchbart, diese lächerlichen Engel, die einen aus dem Paradies vertreiben. Es war zu komisch, und Sie lächelten unter Wasser, zugedeckt von einer Welle wie mit einem Bettuch, es war zu komisch, weil es im Grunde keinen Unterschied gab zwischen der Scham, ein verdächtiges Jucken einzugestehen, und der, sich nicht erwachsen genug zu fühlen, um der alten Delcasse gegenüberzutreten. Als du dich, ohne Sie anzusehen, wieder nähertest, wie ein Hündchen um Ihren auf dem Rücken schwimmenden Körper herum paddelnd, wußten Sie schon, worauf du halb sehnsüchtig, halb beschämt wartetest, wie damals, als du dich ihren Blicken aussetzen und ihren Händen anvertrauen mußtest, damit sie das Notwendige für dich taten, und es schämig und süß war, wieder einmal war es Denise, die dich von Bauchweh oder Wadenkrampf befreite.

»Wenn es so ist, werde eben ich gehen«, sagten Sie. »Unglaublich, wie du dich anstellen kannst, Junge.«

»Du? Du willst gehen?«

»Natürlich, ich, die Mama des kleinen Jungen. Du willst doch nicht etwa Lilian schicken?«

»Denise, du bist 'ne Wucht...«

»Mir ist kalt«, sagten Sie fast schroff, »jetzt nehme ich den Whisky an, und vorher schwimme ich mit dir bis zur Mole um die Wette. Ohne Vorgabe, ich werde dich auch so schlagen.«

Es war, als höbe man langsam ein Kohlepapier und sähe darunter die genaue Kopie des folgenden Tages, das Mittagessen mit Lilians Eltern und Señor Guzzi, dem Schneckenkenner, die lange und heiße Siesta, der Tee mit dir, der du dich nur selten sehen ließest, doch zu dieser Stunde war es das Ritual, der Toast auf der Terrasse, der langsam sich senkende Abend, Ihnen tat es geradezu weh, dich so lange mit eingezogenem Schwanz dasitzen zu sehen, aber Sie wollten auch nicht gegen das Ritual verstoßen, dieses nachmittägliche Zusammensein, gleich an welchem Ort sie sich befanden, der gemeinsame Tee, bevor jeder seiner Wege ging. Es war offensichtlich und rührend, daß du dich nicht zu wehren wußtest, armer Roberto, daß du ein Hündchen warst, als du die Butter und den Honig weiterreichtest, dir die Cola holtest, ein zappliges Hündchen, Toast verschlingend zwischen halb verschluckten Worten, noch mal Tee, noch eine Zigarette.

Tennisschläger in der Hand, mit feuerroten Wangen, ganz

braungebrannt, kam Lilian dich holen, um vor dem Abendessen diesen Film da zu sehen. Sie waren froh, als sie gingen, du kamst dir wirklich verloren vor und fühltest dich nicht wohl in deiner Haut, Lilian mußte dir aus der schwierigen Lage heraushelfen, und sofort begann dieser für Sie unverständliche Austausch von einsilbigen Worten, das Gelächter und Geschubse der nouvelle vague, worin keine Grammatik Klarheit bringen könnte und das das Leben selbst war, das einmal mehr auf die Grammatik pfiff. Sie fühlten sich wohl so allein, doch plötzlich überkam Sie eine leichte Traurigkeit, dieses sittsame Schweigen, dieser Film, den nur sie sich ansehen gingen. Sie zogen sich Hosen und eine Bluse an, worin Sie sich gleich besser fühlten, und gingen hinunter auf die Strandpromenade, blieben vor den Läden und am Kiosk stehen, kauften eine Illustrierte und Zigaretten. Die Ortsapotheke hatte eine stotternde Leuchtreklame, die an eine Pagode erinnerte, und unter dieser unglaublichen grünroten Haube der kleine Verkaufsraum mit dem Geruch nach Heilkräutern, die alte Delcasse und die blutjunge Angestellte, und die war es, die dir in Wirklichkeit Angst machte, obgleich du nur von der alten Delcasse gesprochen hattest. Es gab zwei schwatzende verhutzelte Kundinnen, die Aspirin und Tabletten für den Magen brauchten, die gerade gezahlt hatten, doch nicht daran dachten, zu gehen, die sich die Vitrinen betrachteten und so eine Minute weniger gelangweilt verbrachten als die übrigen zu Hause. Sie drehten ihnen den Rücken zu, obgleich Ihnen klar war, daß in diesem kleinen Raum niemandem ein Wort entgehen würde, und als Sie zufällig an die alte Delcasse gerieten, was wirklich ein Wunder war, verlangten Sie ein Fläschchen Alkohol, so als wollten Sie den beiden Kundinnen, die hier nichts mehr zu schaffen hatten, eine letzte Frist geben, und als das Fläschchen kam und die Alten sich immer noch die Vitrinen mit Babynahrung betrachteten, sagten Sie so leise wie möglich, ich brauche etwas für meinen Sohn, das er sich nicht zu kaufen getraut, ja, genau, ich weiß nicht, ob es sie in Schachteln gibt, geben Sie mir auf jeden Fall mehrere, danach wird er sich schon selbst zu helfen wissen. Komisch, nicht wahr?

Jetzt, wo Sie es gesagt hatten, empfanden Sie das auch, ja, es war komisch, und Sie hätten vor der alten Delcasse fast losgelacht, als die, zwischen den Vitrinen unter dem gelben Diplom stehend, mit ihrer krächzenden Papageienstimme erklärte, es gibt sie einzeln und in Packungen zu zwölf und vierundzwanzig. Eine der Kundinnen hatte gestutzt, als traute sie ihren Ohren nicht, und die andere, eine kurzsichtige Alte in einem Kleiderrock bis zum Boden, zog sich unter guten Abend, guten Abend langsam zur Tür zurück, und die junge Verkäuferin, höchst amüsiert, guten Abend, Señora de Pardo, während die alte Delcasse schluckte und, bevor sie sich umdrehte, schließlich murmelte, wie peinlich für Sie, warum haben Sie mich nicht gebeten, mit Ihnen nach hinten zu gehen, und Sie stellten sich dich in der gleichen Situation vor und hatten Mitleid mit dir, weil du dich sicher nicht getraut hättest, die alte Delcasse zu bitten, mit dir in das Zimmer hinter dem Laden zu gehen, ein Mann und so. Nein, sagten oder dachten Sie (genau wußten Sie das nie, und es war auch egal), ich sehe nicht ein, warum ich aus einer Packung Präservative ein Geheimnis oder ein Drama machen sollte, hätte ich sie im Zimmer hinter dem Laden darum gebeten, hätte ich mich verraten, wäre ich deine Komplizin gewesen, und vielleicht hätte ich das in einigen Wochen wieder für dich tun müssen, und das nein, Roberto, einmal ist genug, jetzt muß jeder allein zusehen, wirklich, ich werde dich nie mehr nackt sehen, mein Junge, dies ist das letzte Mal gewesen, ja, die Packung zu zwölf, Señora.

»Sie haben sie ganz entsetzt«, sagte die junge Angestellte, die sich, an die Kundinnen denkend, vor Lachen nicht halten konnte.

»Ich hab's bemerkt«, sagten Sie und holten das Geld aus der Tasche, »man sollte so was nicht tun, wirklich nicht.«

Bevor Sie sich zum Abendessen umzogen, legten Sie das Päckchen auf dein Bett, und als du aus dem Kino kamst, dich beeilend, weil es schon spät war, sahst du die weiße Packung auf dem Kopfkissen, du wurdest ganz rot und machtest sie auf, dann Denise, Mama, laß mich rein, Mama, ich hab gefunden, was du. Im

Dekolleté, sehr jung in Ihrem weißen Kleid, ließen Sie dich hereinkommen, sahen dich vom Spiegel aus an, etwas distanziert und anders als sonst.

»Ja, und jetzt hilf dir selbst, Kind, mehr kann ich für euch nicht tun.«

Es war seit langem abgemacht, daß sie dich nie mehr Kind nenne, du verstandest, daß sie es dir heimzahlte, daß du es büßen mußtest. Du wußtest nicht, wie dich verhalten, gingst bis zum Fenster, dann nähertest du dich Denise und umarmtest ihre Schultern, drücktest dich an sie und küßtest sie auf den Hals, viele Male und feucht und kindlich, während Sie sich zu Ende frisierten und nach dem Parfüm suchten. Als Sie die Wärme der Träne auf der Haut spürten, drehten Sie sich mit einem Ruck um und stießen dich sanft zurück, lautlos lachend, ein langsames Stummfilmlachen.

»Es ist schon spät, Dummkopf, du weißt, daß Ursula nicht gern mit dem Essen wartet. War der Film gut?«

Den Gedanken verscheuchen, obgleich das im Halbschlaf immer schwieriger wurde, es war Mitternacht, und es gab eine Mücke, die sich mit dem Sukkubus verbündet hatte, um Sie nicht einschlafen zu lassen. Sie knipsten die Nachttischlampe an, nahmen einen großen Schluck Wasser und legten sich wieder auf den Rücken; die Hitze war unerträglich, doch in der Grotte würde es kühl sein, fast an der Schwelle des Schlafs sahen Sie sie vor sich mit ihrem weißen Sand, jetzt neigte sich Sukkubus wirklich über Lilian, die mit weit geöffneten feuchten Augen auf dem Rücken lag, während du ihr die Brüste küßtest und zusammenhanglose Worte stammeltest, natürlich warst du nicht fähig gewesen, es gut zu machen, und wenn du dir darüber klar würdest, wäre es zu spät, der Sukkubus wäre gern dabeigewesen, ohne sie zu stören, nur um ihnen beizustehen, damit sie keine Dummheit machten, einmal mehr die alte Gewohnheit, kannten Sie deinen Körper doch so gut, der bäuchlings zwischen Klagen und Küssen Einlaß begehrte, wieder von nahem deine Schenkel und deinen Rücken betrachten, angesichts der Verletzungen oder der Grippe die alten Formeln hersagen, entspann dich, es tut gar nicht weh, ein großer Junge wird wegen einer albernen Spritze doch nicht weinen, komm schon. Und wieder die Nachttischlampe, das Wasser, in der blöden Illustrierten weiterlesen, Sie würden später schlafen, wenn du heimkämst, auf Zehenspitzen durch das Haus gingst und Sie dich im Bad hören würden, fast geräuschlos der Gummizug, das Gemurmel von jemandem, der im Schlaf spricht oder während er einzuschlafen versucht, mit sich selbst spricht.

Das Wasser war kälter, doch Ihnen gefiel sein schmerzender Peitschenhieb, Sie schwammen ohne innezuhalten bis zur Mole, von dort aus sahen Sie die, die nahe dem Ufer im Wasser plätscherten, und dich, der du in der Sonne rauchtest und keine große Lust hattest, dich ins Wasser zu stürzen. Sie machten den toten Mann, ruhten etwas aus, und als Sie wieder zurückschwammen, kreuzten Sie Lilian, die langsam dahinschwamm, sich ganz auf den Stil konzentrierte und Ihnen »Hallo« zurief, was ihre äußerste Konzession an die Erwachsenen zu sein schien. Du dagegen sprangst gleich auf, wickeltest Denise in das Badetuch und bereitetest ihr einen Platz an einer windgeschützten Stelle.

»Es wird dir keinen Spaß machen, es ist eisig.«

»Das hab' ich mir schon gedacht, du hast eine Gänsehaut. Warte, das Feuerzeug geht nicht, ich hab' noch eins. Soll ich dir einen warmen Nescafé holen?«

Sie lagen auf dem Bauch, und auf Ihrer Haut begannen die Bienen der Sonne zu summen, der Sand war ein seidener Handschuh, wie ein Interregnum. Du brachtest den Kaffee und fragtest Sie, ob es dabei bliebe, daß Sie am Sonntag heimführen, oder ob Sie lieber noch bleiben würden. Nein, wozu, es fing schon an kühl zu werden.

»Um so besser«, sagtest du, in die Ferne blickend. »Fahren wir, Schluß, der Strand ist gut für vierzehn Tage, dann wird's langweilig.«

Du wartetest, klar, aber Sie sagten nichts, nur Ihre Hand streichelte dir kaum spürbar das Haar.

»Sag was, Denise, sei nicht so, ich...«

»Pah, wenn einer etwas zu sagen hat, dann bist du's, mach keine Glucke aus mir.«

»Nein, Mama, nur ...«

»Mehr gibt es da nicht zu sagen, du weißt, daß ich's für Lilian getan habe und nicht für dich. Da du dich nun als Mann fühlst, lerne, dir selbst zu helfen. Wenn das Kindchen Halsweh hat, weiß es jetzt, wo die Tabletten sind.«

Die Hand, die dir das Haar gestreichelt hatte, glitt von deiner Schulter und fiel in den Sand. Sie hatten jedes Wort betont ausgesprochen, doch die Hand war die immergleiche Hand von Denise, taubensanft, die die Schmerzen verscheuchte, die zwischen Wattebäuschen und Wasserstoffsuperoxyd kitzelte und streichelte. Auch das mußte früher oder später aufhören, du wußtest es, eines Nachts oder eines Morgens würde es plötzlich eine Schranke geben. Du hattest als erster auf Abstand gehalten, dich im Bad eingeschlossen, dich allein umgezogen, dich stundenlang auf der Straße herumgetrieben, doch Sie waren es, die die Schranke in einem Moment herunterlassen würde, der vielleicht ebendieser war, diese letzte Liebkosung auf deinem Rücken. Wenn das Kindchen Halsweh hatte, wußte es jetzt, wo die Tabletten sind.

»Mach dir keine Sorgen, Denise«, murmeltest du, den Mund halb im Sand, »mach dir um Lilian keine Sorgen. Sie wollte nicht, weißt du, am Ende wollte sie nicht. Das Mädchen ist einfach dumm, was willst du da machen.«

Sie richteten sich mit einem Ruck auf, wobei Ihnen Sand in die Augen kam. Durch deine Tränen hindurch sahst du, daß Ihre Lippen zitterten.

»Ich hab' dir gesagt, genug! Hörst du? Genug, genug!«

»Mama ...«

Aber Sie drehten dir den Rücken zu und bedeckten sich das Gesicht mit dem Strohhut. Der Alp, die Schlaflosigkeit, die alte Delcasse, es war zum Lachen. Die Schranke, welche Schranke? Noch war es möglich, daß die Badezimmertür einmal nicht verschlossen wäre und Sie einträten und dich überraschten, nackt und eingeseift und plötzlich verlegen. Oder umgekehrt, daß du an der Tür ständest und du Sie unter der Dusche stehen sähest, wie sie sich so viele Jahre gegenseitig gesehen und miteinander gescherzt hatten, während sie sich abtrockneten und anzogen. Welche Schranke eigentlich, gab es überhaupt eine Schranke?

»Hallo«, sagte Lilian und setzte sich zwischen die beiden.

In Bobys Namen

Gestern ist er acht geworden, wir haben ihm eine schöne Feier bereitet, und Boby hat sich über die Eisenbahn zum Aufziehen, den Fußball und die Torte mit den kleinen Kerzen sehr gefreut. Meine Schwester hatte befürchtet, daß er ausgerechnet in diesen Tagen mit schlechten Noten nach Hause kommen würde, aber das Gegenteil war der Fall, er hatte sich in Rechnen und Lesen gebessert, und es gab nicht den geringsten Grund, ihm die Spielsachen nicht zu geben. Wir hatten ihm gesagt, er solle seine Freunde einladen, und er brachte Beto und Juanita mit; auch Mario Panzani kam, aber er blieb nur kurz, weil sein Vater krank war. Meine Schwester ließ sie bis zum Abend im Patio spielen, und Boby probierte den neuen Ball aus, obgleich wir beide befürchteten, daß sie uns in ihrer Begeisterung die Pflanzen zertreten würden. Als die Stunde der Orangeade und der Geburtstagstorte gekommen war, sangen wir im Chor das Lied vom Grünen Sellerie und lachten viel, weil alle vergnügt waren, vor allem Boby und meine Schwester; natürlich vergaß ich darüber nicht, Boby zu beobachten, auch wenn ich damit nur meine Zeit zu verlieren schien, denn über was sollte man wachen, wenn es nichts zu überwachen gab; dennoch behielt ich Boby im Auge, suchte bei ihm nach diesem Blick, den meine Schwester nicht zu bemerken scheint und der mir so weh tut.

Diesen Tag hat er sie nur einmal so angesehen, genau in dem Augenblick, als meine Schwester die kleinen Kerzen anzündete, eine knappe Sekunde, bis er den Blick senkte und als wohlerzogener Junge sagte: »Sehr schön, die Torte, Mama«, und Juanita fand das auch, ebenso Mario Panzani. Ich hatte das lange Messer hingelegt, damit Boby die Torte anschneide, und in dem Augenblick beobachtete ich ihn vom anderen Ende des Tisches aus besonders aufmerksam, aber Boby hatte soviel Freude an der Torte, daß er meine Schwester wohl kaum auf diese Art ansah, er war ganz mit der Aufgabe beschäftigt, gleich große Stücke zu schneiden und diese zu verteilen. »Du zuerst, Mama«, sagte Boby und gab ihr ein Stück, und dann Juanita und mir, weil zuerst die Damen. Gleich darauf gingen sie in den Patio, um weiterzuspielen, außer Mario Panzani, dessen Vater krank war, doch vorher sagte Boby meiner Schwester noch einmal, daß die Torte sehr lecker war, kam dann zu mir gelaufen und fiel mir um den Hals, um mir einen seiner feuchten Küsse zu geben. »Wie schön, die Eisenbahn, Tante«, und am Abend kletterte er auf meinen Schoß, um mir ein großes Geheimnis anzuvertrauen: »Weißt du, Tante, jetzt bin ich acht Jahre alt.«

Wir gingen ziemlich spät zu Bett, aber es war Sonnabend, und Boby konnte wie wir bis in den Vormittag hinein schlafen. Ich ging als letzte zu Bett, vorher räumte ich noch das Eßzimmer auf, stellte die Stühle an ihren Platz; die Kinder hatten Karawane gespielt und andere Spiele, wonach immer ein riesiges Tohuwabohu herrschte. Ich verwahrte das lange Messer, und bevor ich schlafen ging, konnte ich sehen, daß meine Schwester schon wie ein Murmeltier schlief; ich ging zu dem kleinen Zimmer von Boby und betrachtete ihn mir, er lag auf dem Bauch, wie er schon als Kleinkind gern schlief, die Bettücher hatte er bereits zu Boden gestrampelt, und ein Bein hing aus dem Bett, aber das Gesicht im Kopfkissen vergraben, schlief er ganz friedlich. Hätte ich ein Kind gehabt, ich hätte es auch so schlafen lassen, doch warum an so etwas denken. Ich legte mich hin, ohne noch zu lesen, doch das war sicher falsch, denn ich fand keinen Schlaf, und es erging mir so wie immer zu dieser Stunde, wenn die Willenskraft schwindet und die Gedanken frei herumspringen und einem wahr erscheinen, alles, was man denkt, ist auf einmal wahr und fast immer schrecklich, und man wird es nicht mehr los, soviel man auch betet. Ich trank Zuckerwasser und wartete geduldig, indem ich von dreihundert an zählte, und zwar rückwärts, was schwerer ist und den Schlaf herbeiführen soll; gerade als ich dabei war einzuschlafen, kamen mir Zweifel, ob ich das Messer weggelegt hatte oder ob es noch auf dem Tisch lag. Das war albern, denn ich hatte alles weggeräumt, und ich erinnerte mich, daß ich das Messer in die untere Schublade des Wandschranks gelegt hatte, aber trotzdem. Ich stand auf, und natürlich, es lag da in der Schublade bei den anderen scharfen Messern. Ich weiß nicht, was mich drängte, es in meinem Schlafzimmer zu verwahren, ich holte es sogar für einen Augenblick heraus, aber das ging denn doch zu weit, ich betrachtete mich im Spiegel und schnitt eine Grimasse. Aber auch das machte mir zu dieser Stunde kein Vergnügen, so schenkte ich mir ein Gläschen Anislikör ein, obgleich das unvernünftig war bei meiner Leber, und trank es schlückchenweise im Bett, um endlich Schlaf zu finden; von Zeit zu Zeit war zu hören, wie meine Schwester schnarchte, und wie immer redete oder wimmerte Boby im Schlaf.

Als ich schon fast schlief, sah ich plötzlich alles wieder vor mir, das erste Mal, als Boby meine Schwester gefragt hatte, warum sie böse mit ihm sei, und meine Schwester, die eine Heilige ist, das sagen alle, ihn angesehen hatte, als wäre es ein Scherz, und sogar gelacht hatte, aber ich, die ich dabei war und gerade den Mate aufgoß, erinnere mich, daß Boby nicht lachte, er schien im Gegenteil bekümmert und wollte es wissen, er mußte zu der Zeit schon sieben sein, und wie alle Kinder stellte er ständig seltsame Fragen, ich erinnere mich, daß er mich einmal fragte, warum die Bäume anders seien als wir, und ich ihn meinerseits fragte, ja wieso denn, und Boby sagte: »Aber Tante, im Sommer ziehen sie sich warm an, und im Winter ziehen sie sich alles aus«, und es mir die Sprache verschlug, denn wirklich, dieses Kind; alle sind so, aber schließlich. Und da sah meine Schwester ihn erstaunt an, sie sei nie böse mit ihm gewesen, sagte sie, nur streng manchmal, wenn er sich schlecht benahm oder wenn er krank war und etwas tun sollte, was er nicht gern tat, auch die Mama von Juanita und die von Mario Panzani waren streng mit ihren Kindern, wenn es sein mußte, aber Boby blickte sie weiterhin traurig an, und schließlich erklärte er, daß sie nicht tagsüber böse mit ihm sei, sondern nachts, wenn er schlafe, und wir beide standen wie versteinert da, und ich glaube, ich war es, die ihm zu erklären begann, daß niemand an dem, was in den Träumen geschieht, schuld sei, daß es ein Alptraum gewesen sein müsse, weiter nichts, er brauche sich keine Sorgen zu machen. An dem Tag beharrte er nicht weiter darauf, er war kein schwieriges Kind und akzeptierte unsere Erklärungen immer, aber einige Tage später wachte er laut weinend auf, und als ich an sein Bett kam, umschlang er mich und wollte nicht sprechen, er weinte nur immerzu, sicher wieder ein Alptraum, bis er sich mittags bei Tisch plötzlich erinnerte und erneut meine Schwester fragte, warum sie, wenn er schlafe, so böse mit ihm sei. Diesmal nahm es meine Schwester ernst, sie sagte zu ihm, daß er doch schon groß genug sei, um unterscheiden zu können, wenn es so weitergehe, werde sie Doktor Kaplan rufen, weil er vielleicht Würmer oder eine Blinddarmentzündung habe und man etwas dagegen tun müsse. Ich spürte, daß Boby gleich wieder weinen würde, und beeilte mich, ihm noch einmal zu erklären, daß es nur Alpträume seien, er müsse doch wissen, daß niemand ihn so lieb habe wie seine Mama, nicht einmal ich, die ich ihn doch so gern habe, und Boby hörte sehr ernst zu, trocknete sich eine Träne und sagte, natürlich wisse er das, und er glitt von seinem Stuhl, um meiner Schwester, die ratlos und verlegen dasaß, einen Kuß zu geben, und danach wurde er nachdenklich und starrte in die Luft, und am Nachmittag ging ich zu ihm in den Patio und bat ihn, es mir, seiner Tante, zu erzählen, mir könne er alles anvertrauen, so wie seiner Mama, und wenn er es ihr nicht sagen wolle, dann solle er es mir sagen. Man merkte, daß er nicht sprechen wollte, es fiel ihm einfach zu schwer, aber schließlich sagte er etwas wie, daß nachts alles anders sei, sprach von irgendwelchen schwarzen Kleidern, daß er weder die Hände noch die Füße bewegen könne, jeder hat solche Alpträume, aber es war schon schlimm, daß er ausgerechnet von meiner Schwester so träumte, die so viele Opfer für ihn gebracht hatte, ich sagte ihm das wieder und wieder, und er stimmte mir natürlich zu, aber natürlich.

Bald danach bekam meine Schwester Brustfellentzündung, und da mußte ich mich um alles kümmern, doch Boby machte mir keine Arbeit, denn so klein er war, kam er fast allein zurecht, ich erinnere mich, daß er hereinkam, um meine Schwester zu sehen, neben dem Bett stehenblieb, ohne etwas zu sagen, darauf wartete, daß sie ihn anlächle oder ihm übers Haar streiche, und dann wieder ging, um ganz still im Patio zu spielen oder im Wohnzimmer zu lesen; ich brauchte ihm nicht einmal zu sagen, daß er in diesen Tagen nicht Klavier spielen solle, wo er doch so gern Klavier spielt. Das erste Mal, als ich sah, daß er traurig war, sagte ich ihm, daß es seiner Mama schon besser gehe und daß sie am nächsten Tag kurz aufstehen werde, um sich in die Sonne zu setzen. Boby machte ein seltsames Gesicht und sah mich verstohlen an; ich weiß nicht, aber es kam mir plötzlich in den Sinn, und ich fragte ihn, ob er wieder Alpträume habe. Er begann ganz still zu weinen, bedeckte sein Gesicht mit den Händen und sagte dann ja und warum seine Mama so böse mit ihm sei; diesmal merkte ich, daß er Angst hatte, und als ich ihm die Hände herunternahm, um ihm das Gesicht zu trocknen, sah ich ihm die Angst an, und es fiel mir schwer, so zu tun, als ließe mich das kalt, und ihm noch einmal zu erklären, daß es nichts weiter als Träume seien. »Sag ihr nichts davon«, bat ich ihn, »bedenke, daß sie immer noch schwach ist, es würde sie sehr mitnehmen.« Boby stimmte mir schweigend zu, er hatte ja soviel Vertrauen zu mir, aber später mußte ich denken, daß er es zu wörtlich genommen hatte, denn er sprach selbst dann nicht mehr davon, als meine Schwester wieder gesund war, aber ich konnte es ihm manchen Morgen anmerken, wenn ich ihn mit diesem Ausdruck der Verlorenheit aus seinem Zimmer kommen sah, auch wich er mir nicht von der Seite, selbst in der Küche nicht. Ein- oder zweimal konnte ich mich nicht länger zurückhalten und sprach im Patio mit ihm oder wenn ich ihn badete, aber es war immer dasselbe, er strengte sich an, nicht zu weinen, würgte die Worte hervor, warum seine Mama nachts so schlecht zu ihm sei, aber ich konnte nicht weiter in ihn dringen, er weinte zu sehr. Ich wollte nicht, daß meine Schwester davon erfuhr, denn die Brustfellentzündung hatte sie angegriffen, und es würde sie vielleicht zu sehr bekümmern, ich sagte das auch Boby, und er sah das ein, mir dagegen könne er alles erzählen, er werde schon sehen, wenn er etwas größer sei, werde er diese Alpträume nicht mehr haben; es wäre besser, wenn er abends nicht so viel Brot äße, ich würde Doktor Kaplan fragen, ob er es nicht für ratsam halte, ein Abführmittel zu nehmen, damit er schlafen könne, ohne böse Träume zu haben. Ich habe ihn natürlich nicht gefragt, es war einfach zu peinlich, dem Doktor Kaplan, der so viele Patienten zu betreuen und keine Zeit zu verlieren hatte, mit solchen Dingen zu kommen. Ich weiß nicht, ob ich richtig gehandelt habe, aber Boby machte mir bald nicht mehr soviel Sorgen, manchmal noch sah ich ihn morgens mit diesem etwas verstörten Gesicht und sagte mir, daß er womöglich wieder, und wartete, daß er komme und es mir sage, aber Boby begann zu malen oder ging zur Schule, ohne mir etwas zu sagen, und kam fröhlich und jeden Tag kräftiger und gesünder und mit den besten Noten zurück.

Das letzte Mal war es während der Hitzewelle im Februar, meine Schwester war genesen, und wir führten wieder ein Leben wie vorher. Ich weiß nicht, ob sie etwas merkte, aber ich wollte ihr nichts sagen, denn ich kenne sie und weiß, daß sie viel zu sensibel ist, zumal wenn es sich um Boby handelt, ich kann mich noch genau an die Zeit erinnern, als Boby noch klein war und meine Schwester die Sache mit der Scheidung und all das noch nicht verwunden hatte, als sie es kaum ertragen konnte, wenn Boby weinte oder über die Stränge schlug und ich ihn in den Patio bringen und warten mußte, bis alles sich beruhigt hatte, denn dafür sind wir Tanten da. Ich glaube eher, meine Schwester merkte gar nicht, daß Boby morgens manchmal aus dem Bett kam, als käme er von einer langen Reise zurück, mit diesem Ausdruck tiefer Verstörtheit, den er bis zum Milchkaffee nicht verlor, und wenn wir beiden Frauen dann allein waren, wartete ich immer darauf, daß sie etwas sage, aber nichts; und ich hielt es für falsch, sie an etwas zu erinnern, das sie schmerzlich berühren mußte, ich nahm eher an, daß Boby sie vielleicht wieder einmal fragen würde, warum sie böse mit ihm sei, aber auch Boby meinte wohl, daß er so was nicht tun dürfe, womöglich erinnerte er sich meiner Bitte und dachte, er dürfe meiner Schwester nie mehr davon sprechen. Mitunter mußte ich denken, daß ich es war, die sich da etwas ausdichtete, sicher träumte Boby nichts Schlechtes mehr von seiner Mutter, mir hätte er es sofort gesagt, damit ich ihn tröste; aber danach, an manchem Morgen, sah ich ihn wieder mit diesem verstörten Gesicht und machte mir erneut Sorgen.

Noch ein Glück, daß meine Schwester nichts merkte, nicht einmal das erste Mal, als Boby sie so ansah; ich war beim Bügeln, und er blickte meine Schwester von der Tür des Küchenvorraums aus an, und ich weiß nicht, wie man so was erklären soll, nur, daß mir das Bügeleisen fast ein Loch in das blaue Nachthemd gebrannt hätte, ich habe es gerade noch rechtzeitig wegziehen können, und Boby blickte meine Schwester, die Teig knetete, um Pasteten zu backen, noch immer so an. Als ich ihn fragte, was er suche, nur um etwas zu sagen, schreckte er zusammen und sagte, nichts, es sei zu heiß draußen, um Ball zu spielen. Ich weiß nicht, in welchem Ton ich ihn gefragt hatte, denn er wiederholte seine Antwort, wie um mich zu überzeugen, und ging dann ins Wohnzimmer und begann zu malen. Meine Schwester sagte, daß Boby sehr schmutzig sei und daß sie ihn am Nachmittag baden werde, so groß er schon sei, vergesse er doch immer, sich die Ohren und die Füße zu waschen. Am Ende war ich es dann doch wieder, die ihn badete, denn nachmittags ermüdete meine Schwester noch sehr schnell, und während ich ihn in der Badewanne einseifte und er mit der Plastikente spielte, von der er sich nie hatte trennen können, entschloß ich mich, ihn zu fragen, ob er zur Zeit besser schlafe.

»Mehr oder weniger«, sagte er, nachdem er sich einen Augenblick damit beschäftigt hatte, die Ente schwimmen zu lassen.

»Was heißt mehr oder weniger? Träumst du häßliche Dinge oder nicht?«

»Neulich nachts, ja«, sagte Boby und tauchte die Ente unter, ohne sie loszulassen.

»Hast du es deiner Mama erzählt?«

»Nein, ihr nicht. Ihr ...«

Ohne mir Zeit zu lassen, eingeseift und alles, warf er sich mir an die Brust, umschlang mich weinend und zitternd, brachte mich in tausend Nöte, während ich versuchte, mich von ihm zu befreien, und sein Körper mir zwischen den Händen wegglitschte, bis er von selbst von mir abließ, sich in die Wanne plumpsen ließ, sich das Gesicht mit den Händen bedeckte und laut weinte. Meine Schwester kam herbeigelaufen und glaubte, Boby sei ausgerutscht und habe sich weh getan, aber er schüttelte den Kopf, hörte auf zu weinen, mit einer Anstrengung, die ihm das Gesicht verzerrte, und erhob sich in der Wanne, damit wir selbst sähen, daß ihm nichts passiert war, weigerte sich jedoch zu sprechen, nackt und eingeseift und so allein in seinem Schmerz, den weder meine Schwester noch ich zu lindern vermochten, obgleich wir mit Frotteetüchern und Liebkosungen und Versprechungen kamen.

Danach suchte ich immer nach einer Gelegenheit, Bobys Vertrauen zu mir zu stärken, ohne daß er merke, daß ich ihn zum Sprechen bringen wollte, aber die Wochen gingen dahin, und nie wollte er mir etwas sagen, und wenn ich ihm jetzt etwas anmerkte, lief er sofort weg oder umarmte mich, um mich um Bonbons zu bitten oder um die Erlaubnis, mit Juanita und Mario Panzani bis zur Ecke zu gehen. Meine Schwester bat er nie um etwas, er war sehr rücksichtsvoll gegen sie, die im Grunde immer noch etwas kränkelte und sich nicht viel um ihn kümmerte, weil ich ihr stets zuvorkam und Boby sich alles von mir sagen ließ und sogar akzeptierte, daß ich, wenn es nötig war, auch die für ihn unangenehmsten Dinge tat, so daß meine Schwester gar nicht merken konnte, was ich sofort gesehen hatte, diese Art, sie manchmal so anzusehen, in der Türe stehenzubleiben, bevor er hereinkam, und sie anzublicken, bis ich es bemerkte und er schnell den Blick senkte oder einfach davonlief oder einen drolligen Luftsprung machte. Das mit dem Messer war ein Zufall, ich war gerade dabei, den Wandschrank im Küchenvorraum neu mit Papier auszulegen, und hatte alles Besteck herausgenommen; ich hatte nicht gemerkt, daß Boby hereingekommen war, erst als ich mich umdrehte, um einen weiteren Bogen Papier zuzuschneiden, sah ich, wie er das lange Messer betrachtete. Sogleich spielte er den Zerstreuten, wollte nicht, daß ich etwas merke, aber ich kannte diese seine Art zu blicken schon, und ich weiß nicht, es ist albern, so was zu denken, es war, als überliefe es mich kalt, als wehte mich ein eisiger Hauch an in diesem bullig warmen Vorraum. Ich war nicht imstande, etwas zu sagen, aber am Abend meinte ich, daß Boby aufgehört hatte, meine Schwester zu fragen, warum sie so böse mit ihm sei, nur manchmal sah er sie an, wie er das lange Messer angesehen hatte, mit diesem anderen Blick. Es konnte natürlich ein Zufall sein, aber es gefiel mir nicht, als ich eine Woche später denselben Ausdruck an ihm bemerkte, während ich gerade mit dem langen Messer Brot schnitt und meine Schwester Boby erklärte, es werde nun langsam Zeit, daß er lerne, seine Schuhe selber zu putzen. »Ja, Mama«, sagte Boby, hatte aber nur Augen für das, was ich mit dem Brot tat, verfolgte jede Bewegung des Messers und wiegte sich dabei ein wenig auf dem Stuhl, fast so, als würde er selbst Brot schneiden; vielleicht dachte er auch an die Schuhe und bewegte sich, als wienere er sie, sicher war es das, was meine Schwester sich dachte, denn Boby war ja so folgsam, so brav.

Am Abend fragte ich mich, ob ich nicht mit meiner Schwester sprechen müsse, aber was sollte ich ihr sagen, wo nichts passierte und Boby die besten Noten der Klasse nach Hause brachte und all das, nur konnte ich nicht einschlafen, denn alles war auf einmal wieder da, war wie ein Teig, der immer zäher wurde, und dann die Angst, doch schwer zu sagen wovor, denn Boby und meine Schwester schliefen schon, und von Zeit zu Zeit war zu hören, wie sie sich im Bett umdrehten oder seufzten, sie konnten ja so gut schlafen, viel besser als ich, die ich mir die ganze Nacht Gedanken machte. Schließlich nahm ich Boby mit in den Garten, nachdem ich bemerkt hatte, daß er meine Schwester wieder so ansah, ich bat ihn, mir beim Umpflanzen einer Terebinthe zu helfen, und wir unterhielten uns über alles mögliche, und er vertraute mir an, daß Juanitas Schwester schon einen Freund habe.

»Warum nicht, sie ist doch schon groß«, sagte ich. »Ach, geh und hol mir doch bitte das lange Messer aus der Küche, ich muß ein paar Wedel dieser Raphiapalme abschneiden.«

Er lief wie immer sofort los, denn niemand war so hilfsbereit wie er, und ich wartete und blickte zum Haus hinüber, um ihn zurückkommen zu sehen, wobei mir einfiel, daß ich ihn eigentlich nach seinen Träumen hätte fragen sollen, bevor ich ihn bat, das Messer zu holen, nur um ganz sicher zu sein. Als er zurückkam, ging er ganz langsam, so als müßte er sich durch die Luft der Siesta einen Weg bahnen, und ich sah, daß er eines der kurzen Messer gewählt hatte, obgleich ich das längere obenauf gelegt hatte, weil ich sicher sein wollte, daß er es sofort sähe, wenn er die Schublade des Wandschranks aufzog.

»Das kann ich nicht brauchen«, sagte ich. Es kostete mich Mühe zu sprechen, das war albern bei einem so kleinen und unschuldigen Jungen wie Boby, aber ich konnte ihm nicht einmal in die Augen sehen. Ich spürte nur den Stoß, als er sich mir in die Arme warf, das Messer fallen ließ und sich an mich drückte, sich fest an mich drückte und schluchzte. Ich glaube, in diesem Augenblick sah ich etwas, das sein letzter Alptraum sein mußte, ich wäre nicht fähig, ihn das zu fragen, aber ich glaube, ich sah, was er das letzte Mal geträumt hatte, bevor er dann keine Alpträume mehr hatte und statt dessen meine Schwester so ansah, das lange Messer so ansah.

Apokalypse in Solentiname

So sind die Ticos[1] nun einmal, eher zurückhaltend, aber immer voller Überraschungen, man steigt in San José de Costa Rica aus dem Flugzeug, und da erwarten einen Carmen Naranjo und Samuel Rovinski und Sergio Ramírez (der aus Nicaragua ist und kein Tico, doch was ist da schon für ein Unterschied, im Grunde ist es dasselbe; welcher Unterschied besteht schon darin, daß ich Argentinier bin, aus Höflichkeit sollte ich sagen ein Tino[2], und die anderen Nicas[3] oder Ticos). Es war wie gewöhnlich sehr heiß, noch dazu fing alles gleich an, Pressekonferenz mit den üblichen Fragen, warum lebst du nicht in deinem Land, wie kommt es, daß *Blow-Up* ganz anders geworden ist als deine Erzählung, bist du der Meinung, daß ein Schriftsteller engagiert sein muß? Nach allem weiß ich, daß man mich um das letzte Interview vor den Pforten der Hölle bitten wird, und sicher werden es die gleichen Fragen sein, und sollte es *chez Saint Pierre* stattfinden, wird sich an der Sache nicht viel ändern, finden Sie nicht, daß Sie da unten für das Volk viel zu hermetisch geschrieben haben?

Dann das Hotel Europa und die Dusche, die jede Reise krönt und in einem langen Monolog aus Seife und Schweigen besteht. Nur daß um sieben, als es an der Zeit war, durch San José zu schlendern, um zu sehen, ob es wirklich so reizlos und trist ist, wie man mir erzählt hatte, mich jemand an der Jacke packte, und hinter mir stand Ernesto Cardenal, der Dichter, gab das eine Umarmung! Wie schön, daß du da bist, nach jener Begegnung in Rom und so vielen Begegnungen im Laufe der Jahre nur auf dem Papier. Immer überrascht es mich, bewegt es mich, wenn jemand wie Ernesto mich aufsucht oder mich abholt, du wirst sagen, ich kokettiere mit falscher Bescheidenheit, aber sag's nur, alter Freund, der Schakal heult, aber der Bus fährt weiter, ich werde immer ein Bewunderer sein, jemand, der ganz einfach einige

1 Ticos werden die Costaricaner genannt (A. d. Ü.).
2 Tinos in Abwandlung von »argentinos« (Argentinier).
3 Nicas werden die Nicaraguaner genannt.

Menschen so sehr liebt, daß man eines Tages auch ihn liebt, das sind Dinge, die stärker sind als ich, doch zu einer anderen Sache.

Die andere Sache war, daß Ernesto von meiner Ankunft in Costa Rica erfahren hatte, und schleunigst war er von seiner Insel mit dem Flugzeug herübergekommen, denn das Vögelchen, das ihm die Nachrichten bringt, hatte ihn davon unterrichtet, daß die Ticos für mich eine Reise nach Solentiname planten, und der Gedanke, mich abzuholen, war für ihn unwiderstehlich, weshalb wir denn zwei Tage später, Sergio, Oscar, Ernesto und ich, eine kleine Piper Aztec, deren Name mir immer ein Rätsel bleiben wird, bis an die Grenzen ihres überaus begrenzten Fassungsvermögens füllten, und die unter Schluckauf und ominösem Magenkollern dahinflog, während der blonde Pilot zum Ausgleich Calypsos einstellte und meine Bemerkung völlig zu ignorieren schien, daß die Aztekin direkt auf die Opferpyramide zufliege. Dem war nicht so, wie man sieht, wir landeten in Los Chiles, und von dort brachte uns ein geradeso holpernder Jeep zur Finca des Dichters José Coronel Urtecho, den mehr Menschen lesen sollten und in dessen Haus wir uns ausruhten und von vielen anderen Dichterfreunden sprachen, von Roque Dalton und Gertrude Stein und Carlos Martínez Rivas, bis dann Luis Coronel kam und wir in seinem Jeep und seinem Motorboot in erschreckender Geschwindigkeit nach Nicaragua fuhren. Vorher aber wurden Erinnerungsfotos gemacht, mit so einer Kamera, aus der man ein himmelblaues Papier herauszieht, auf dem allmählich und wunderbarerweise und polaroid zaghafte Bilder erscheinen, zuerst beunruhigende Ektoplasmen, dann nach und nach eine Nase, krauses Haar, das Lächeln Ernestos mit seinem Nazarener-Stirnband, Doña María und Don José, die sich mehr und mehr von der Veranda abheben. Alle fanden das ganz normal, weil sie immer diese Kamera benutzten und natürlich daran gewöhnt waren, nicht ich; daß aus dem Nichts, aus dem himmelblauen Papierchen des Nichts diese Gesichter mit ihrem Abschiedslächeln hervorkamen, erfüllte mich mit Bewunderung, und das sagte ich ihnen, ich erinnere mich, Oscar gefragt zu haben, was geschehen würde, wenn einmal, nach einem Familienfoto, auf dem himmelblauen Papierchen des Nichts Napoleon zu Pferd erscheinen würde, und an das schallende Lachen von Don José Coronel, der wie immer alles gehört hatte, aber der Jeep, kommt jetzt, wir fahren zum See.

Es war schon Nacht, als wir in Solentiname ankamen, dort warteten auf uns Teresa, William, ein Gringo-Dichter und die anderen Jungens des Kreises; wir gingen schon bald schlafen, doch vorher sah ich die Bilder in einer Ecke, Ernesto sprach mit seiner Familie und holte aus einem Beutel die Lebensmittel und Geschenke, die er aus San José mitgebracht hatte, irgend jemand schlief in einer Hängematte, und ich sah die Bilder in einer Ecke, begann sie mir anzuschauen. Ich weiß nicht mehr, wer mir erklärte, es seien Arbeiten der Landarbeiter aus der Umgebung, dies hat Vicente gemalt, das da ist von der Ramona, einige signiert, andere nicht, aber alle ganz großartig, noch einmal die ursprüngliche Sicht der Welt, der reine Blick desjenigen, der seine Umwelt beschreibt wie ein Lobgesang: zwergenhaft kleine Kühe in Mohnfeldern, die entzückende Hütte, aus der die Leute wie Ameisen herauskommen, das Pferd mit grünen Augen vor einem Zuckerrohrfeld, die Taufe in einer Kirche, die nicht an die Perspektive glaubt und sich hintüberneigen oder in sich zusammenfallen wird, der See mit Bötchen, die alle aussehen wie Schuhe, und im Hintergrund ein riesiger Fisch, der mit türkisfarbenen Lippen lacht. Dann kam Ernesto und erklärte mir, der Verkauf dieser Bilder helfe, sich über Wasser zu halten, morgen früh wolle er mir Holz- und Steinarbeiten der Landarbeiter zeigen, auch eigene Skulpturen; wir waren hundemüde, und immer noch betrachtete ich mir die Bilder, die in einer Ecke gestapelt waren, holte die großen hervor, die Leinwand mit den kleinen Kühen und den Blumen und die andere mit der Mutter, die zwei Kinder auf dem Schoß hat, eins ganz in Weiß und das andere in Rot, unter einem Himmel, der so von Sternen übersät war, daß die einzige Wolke sich wie beschämt in eine Ecke drückte, sich gegen den Rahmen preßte, die Leinwand vor lauter Angst verlassen wollte.

Am nächsten Tag war Sonntag und Elf-Uhr-Messe, die Messe in

Solentiname, bei der die Landarbeiter und Ernesto und die Freunde, die gerade da waren, gemeinsam ein Kapitel aus dem Evangelium besprechen, und an diesem Tag war es die Gefangennahme Jesu im Garten Gethsemane, ein Thema, das die Leute von Solentiname behandelten, als sprächen sie von sich selbst, von der Bedrohung, der sie jede Nacht und sogar am hellichten Tage ausgesetzt sind, dieses Leben in ständiger Unsicherheit, auf den Inseln und auf dem Festland und in ganz Nicaragua, und nicht nur in Nicaragua, sondern in fast ganz Lateinamerika, ein Leben in Angst und Todesfurcht, so das Leben in Guatemala und in El Salvador, das Leben in Argentinien und in Bolivien, das Leben in Chile und in Santo Domingo, das Leben in Paraguay, das Leben in Brasilien und in Kolumbien.

Dann mußte man schon an die Rückreise denken, und da fielen mir wieder die Bilder ein, ich ging in den Gemeinschaftsraum und betrachtete sie mir im delirierenden Mittagslicht, die Farben, Acryl oder Öl, waren leuchtender und versuchten einander zu übertrumpfen, gleich ob bei Pferdchen oder Sonnenblumen, bei Festen auf der Wiese oder in symmetrischen Palmenhainen. Mir fiel ein, daß ich noch einen Farbfilm in der Kamera hatte, und ich ging mit einem Armvoll Bilder auf die Veranda hinaus; Sergio, der gerade kam, half mir, sie ins richtige Licht zu stellen, und dann begann ich eines nach dem anderen zu fotografieren, wobei ich darauf achtete, daß jedes Bild den Sucher ganz ausfüllte. Der Zufall wollte es, daß ich gerade noch so viele Aufnahmen hatte, wie Bilder da waren, ich bekam sie alle in den Kasten, und als Ernesto kam, um uns zu sagen, daß das Motorboot startbereit sei, erzählte ich ihm, was ich getan hatte, und er lachte, du Bilderdieb, du Bilderschmuggler. Stimmt, sagte ich, ich nehme sie alle mit, drüben werde ich sie auf meine Bildwand projizieren, und sie werden größer und schöner sein als diese hier, ätsch.

Ich fuhr wieder nach San José, trieb mich ein wenig in Havanna herum, und zurück ging's nach Paris, müde und voller Nostalgie, Claudine, heimlich und verschmitzt, erwartete mich in Orly, wieder das Leben mit der Armbanduhr und *merci monsieur, bonjour madame,* die Komitees, die Kinos, der Rotwein und

Claudine, die Mozartquartette und Claudine. Unter so vielen Dingen, die aus den prallvollen Koffern gequollen waren und verstreut auf Bett und Teppich herumlagen, unter Zeitschriften, Zeitungsausschnitten, Taschentüchern und Büchern mittelamerikanischer Dichter, die grauen Plastikhüllen mit den Filmen, so vieles fotografiert während der zwei Monate, die Bilderserie von der Lenin-Schule in Havanna, die Straßen in Trinidad, die verschiedenen Ansichten des Irazú-Vulkans und sein Kratersee mit kochendem grünen Wasser, auf dem Samuel, Sarita und ich uns gebratene Enten vorgestellt hatten, die dort zwischen den Schleiern der Schwefeldämpfe herumschwimmen. Claudine brachte die Rollen zum Entwickeln, und eines Nachmittags, als ich durchs Quartier Latin schlenderte, fielen sie mir wieder ein, und da ich den Schein in der Tasche hatte, holte ich sie ab, es waren acht, gleich mußte ich an die Bilder von Solentiname denken, und als ich zu Hause war, suchte ich in den Kästchen nach ihnen, indem ich mir das erste Dia von jeder Serie ansah, denn ich erinnerte mich, daß ich vor diesen Bildern die Messe von Ernesto aufgenommen hatte und die Kinder, die unter Palmen spielten, genau wie auf den Malereien, Kinder und Palmen und Kühe vor einem gewaltig blauen Himmel und einem See, der eher grün war, vielleicht auch umgekehrt, ich weiß nicht mehr genau. Ich steckte das Kästchen mit den Dias von den Kindern und der Messe ins Magazin, denn danach, das wußte ich, kamen die Malereien bis zum Ende des Films.

Es wurde dunkel, und ich war allein. Claudine wollte nach der Arbeit kommen, um Musik zu hören und bei mir zu bleiben; ich baute die Leinwand auf und machte mir einen Rum mit viel Eis, der Projektor, das Magazin und die Fernsteuerung, alles bereit; es war nicht nötig, die Vorhänge zuzuziehen, die Nacht kam mir hilfreich entgegen und entfachte den Duft des Rums; es war eine schöne Vorstellung, daß alles noch einmal an mir vorbeiziehen würde, und nach den Bildern von Solentiname würde ich mir die Fotos aus Cuba ansehen, doch warum zuerst die Malereien, warum zuerst die künstlerische Deformierung, zuerst die Kunst und dann das Leben, aber warum nicht, meinte der andere in seinem ewigen, nicht zu beschwichtigenden, brüderlichen, unversöhnlichen Dialog, warum nicht zuerst die Malereien von Solentiname ansehen, auch sie sind das Leben, es ist doch alles eins.

Zuerst kamen die Fotos von der Messe, sie waren nicht besonders geworden, waren falsch belichtet, die Kinder dagegen spielten in der Sonne, wie weiß ihre Zähne sind. Nur ungern drückte ich auf den Knopf, ich hätte mir jedes dieser Bilder, die von Erinnerung gesättigt waren, viel länger betrachten können, kleine zerbrechliche Welt von Solentiname, umgeben von Wasser und Schergen wie dieser Junge, den ich nun sah, ohne zu begreifen, ich hatte auf den Knopf gedrückt, und da war der Junge, in der Mitte des Bildes, ganz deutlich zu sehen, ein breites, glattes Gesicht voll ungläubigem Staunen, während sein Körper sich vornüberneigt, ein sauberes Loch mitten in der Stirn, die Pistole des Offiziers markiert noch die Flugbahn der Kugel, die anderen neben ihm mit Maschinenpistolen, ein verschwommener Hintergrund, Häuser und Bäume.

Man denkt und denkt, aber es überrumpelt einen, man kommt nicht mehr mit; ich sagte mir, die im Fotogeschäft haben sich geirrt, haben mir die Bilder eines anderen Kunden gegeben, aber Unsinn, da war die Messe, da waren die auf der Wiese spielenden Kinder, wie also? Auch meine Hand war nicht mehr meine Hand, als sie auf den Knopf drückte, da war unter freiem Himmel eine unabsehbare Salpetergrube, zwei oder drei Schuppen aus verrostetem Blech, links eine Menge Menschen, die die Toten betrachten, die dort liegen, auf dem Rücken, die Arme ausgebreitet, unter einem nackten und grauen Himmel; man mußte genau hinsehen, um im Hintergrund die abziehende Gruppe von Uniformierten zu erkennen, den Jeep, der auf einer Anhöhe wartet.

Gewiß, ich habe weitergemacht; angesichts dessen, was jeder Vernunft zuwiderlief, konnte ich nur weitermachen und auf den Knopf drücken, da war die Ecke Corrientes-San Martín und der schwarze Wagen mit den vier Kerlen, die auf jemanden zielen, der im weißen Hemd und in Hausschuhen den Gehweg entlangrennt, zwei Frauen suchen Schutz hinter einem abgestellten Lkw, jemand schaut mich an, ein Gesicht ungläubigen Entsetzens, er führt die Hand ans Kinn, als wolle er sich betasten, fühlen, daß er noch lebt, und plötzlich der fast dunkle Raum, schmutziges Licht dringt von oben durch das vergitterte kleine Fenster, der Tisch mit dem nackten Mädchen darauf, es liegt auf dem Rükken, und sein Haar hängt bis auf den Boden, die dunkle Gestalt davor, die ihm ein Kabel zwischen die gespreizten Beine steckt, zwei Kerle von vorn, die miteinander reden, blaue Krawatte, grüner Pullover. Ob ich weiter auf den Knopf drückte oder nicht, ich war mir dessen nicht bewußt, da war eine Lichtung, im Vordergrund eine strohgedeckte Hütte und Bäume, am vordersten Stamm lehnt ein hagerer junger Mann und schaut nach links, wo eine nicht deutlich auszumachende Gruppe, fünf oder sechs, die dicht beieinander stehen, mit Gewehren und Pistolen auf ihn anlegen; der Junge mit dem schmalen Gesicht, dem eine Haarsträhne in die dunkle Stirn fällt, sieht sie an, eine Hand halb erhoben, die andere wahrscheinlich in der Hosentasche, es sah so aus, als werfe er ihnen ein paar Worte zu, lässig, fast mürrisch, und obgleich das Foto unscharf war, spürte ich, wußte ich, sah ich, daß der Junge Roque Dalton war, und da, ja da habe ich auf den Knopf gedrückt, als könnte ich ihn damit vor diesem schändlichen Tod bewahren, und sah schließlich ein Auto, das mitten in einer Stadt, die Buenos Aires oder São Paulo sein mochte, in die Luft flog, und ich drückte weiter auf den Knopf, immer weiter, und sah zwischen Feuerstößen blutüberströmte Gesichter und zerfetzte Körper, Frauen und Kinder, die einen Abhang hinunterrennen, in Bolivien oder Guatemala, und auf einmal füllte sich die Bildwand mit Quecksilberlicht und Leere und mit Claudine, die leise hereingekommen war und ihren Schatten auf die Leinwand warf, bevor sie sich bückte, mir einen Kuß aufs Haar gab und fragte, ob die Fotos schön seien, ob ich mit ihnen zufrieden sei, ob ich sie ihr zeigen wolle.

Ich schob das Magazin zurück und stellte es wieder auf Null, man weiß nicht, wie noch warum man gewisse Dinge tut, wenn eine bestimmte Grenze überschritten ist, von der man ebenfalls nichts weiß. Ohne Claudine anzusehen, denn sie hätte sofort begriffen oder einfach Angst gehabt vor dem, was mein Gesicht sein sollte, ohne ihr etwas zu erklären, denn von der Kehle bis zu den Zehenspitzen war alles ein einziger Knoten, stand ich auf, drückte sie behutsam in meinen Sessel und sagte wohl etwas wie, daß ich ihr ein Glas holen wolle, sie solle sich schon mal die Bilder anschauen, sie solle sich die Bilder anschauen, während ich ihr etwas zu trinken hole. Im Bad habe ich mich, glaube ich, erbrochen oder habe nur geweint und mich dann erbrochen oder nichts von beidem und nur auf dem Rand der Badewanne gehockt und die Zeit verrinnen lassen, bis ich in die Küche gehen konnte, wo ich Claudine ihr Lieblingsgetränk mixte, das Glas mit Eis füllte und dann die Stille spürte, mich wunderte, daß Claudine weder schrie noch zu mir gerannt kam, nichts als Stille und zwischendurch der schmalzige Bolero aus der Wohnung nebenan. Ich weiß nicht, wie lange ich für die paar Meter von der Küche ins Wohnzimmer brauchte, wo ich dann die Rückseite der Leinwand sah, gerade in dem Augenblick, als Claudine zu Ende gesehen hatte und der Raum durch den Widerschein der Quecksilberlampe plötzlich hell wurde, und dann das Halbdunkel, Claudine schaltete den Projektor aus und lehnte sich im Sessel zurück, nahm das Glas und lächelte mich sanft an, glücklich und wohlig und zufrieden.

»Wie schön sie geworden sind, das mit dem lachenden Fisch und die Mutter mit den zwei Kindern und die kleinen Kühe auf dem Feld; und das andere mit der Taufe in der Kirche, sag mal, wer hat die gemalt, sie sind nicht signiert.«

Ich saß auf dem Boden, ohne sie anzuschauen, langte nach meinem Glas und trank es in einem Zug aus. Ich wollte ihr nichts sagen, was sollte ich ihr jetzt auch sagen, aber ich erinnere mich, daß ich nahe daran war, sie etwas Dummes zu fragen, sie zu fragen, ob sie denn nicht auch ein Foto mit Napoleon zu Pferd gesehen habe. Aber ich hab sie natürlich nicht gefragt.

San José, Havanna, April 1976

Die Barke oder erneute Besichtigung Venedigs

Von Jugend an bin ich versucht gewesen, literarische Texte, die mich bewegt hatten, doch deren Ausarbeitung mir im Verhältnis zu ihren inneren Möglichkeiten zu dürftig erschien, neu zu schreiben; bei einigen Erzählungen von Horacio Quiroga, glaube ich, war diese Versuchung so stark, daß sich mein Vorhaben, und das war besser so, in Schweigen und Verzicht auflöste. Was ich aus Liebe zu tun versucht hätte, konnte nur als insolente Pedanterie aufgefaßt werden; und so habe ich mich damit beschieden, im geheimen zu bedauern, daß mir manche Texte hinter dem zurückzubleiben schienen, was etwas in ihnen und in mir vergebens gefordert hatte.

Der Zufall und ein Bündel alter Papiere lassen diesen früher nicht verwirklichten Wunsch erneut in mir aufkommen, doch ist die Versuchung in diesem Fall legitim, da es sich um einen Text von mir handelt, um eine lange Erzählung mit dem Titel Die Barke. *Auf der letzten Seite des Entwurfs finde ich folgende Bemerkung: »Wie schlecht! Ich habe das 1954 in Venedig geschrieben; zehn Jahre später lese ich es wieder, und es gefällt mir, obgleich es so schlecht ist.«*

Der Text und die Randbemerkung waren in Vergessenheit geraten; zwölf weitere Jahre waren zu den ersten zehn hinzugekommen, und wenn ich diese Seiten heute wieder lese, stimme ich meiner Anmerkung voll zu, ich möchte nur genauer wissen, warum ich die Erzählung schlecht fand und immer noch schlecht finde und warum sie mir gefiel und immer noch gefällt.

Das Folgende ist ein Versuch, mir selbst zu beweisen, daß der Text Die Barke *deshalb schlecht geschrieben ist, weil er falsch ist, weil er an einer Wahrheit vorbeigeht, die ich damals noch nicht zu erfassen vermochte, die mir heute jedoch völlig klar ist. Den Text neu zu schreiben wäre ermüdend und in gewisser Weise auch illoyal, fast so, als handelte es sich um die Erzählung eines anderen Autors, und ich verfiele auf die Pedanterie, von der ich eingangs gesprochen habe. Hingegen kann ich, wenn ich den Text so lasse, wie er ist, zugleich zeigen, was ich heute an ihm bemängele. Und damit tritt Dora auf.*

Hätte Dora an Pirandello gedacht, hätte sie gleich zu Anfang nach dem Autor gesucht, um ihm seine Unkenntnis oder seine beständige Heuchelei vorzuwerfen. Aber nun bin ich es, der sich an sie wendet, damit sie am Ende die Karten aufdeckt. Dora kann nicht wissen, wer der Autor der Geschichte ist, und ihre Kritik bezieht sich nur auf das, was in der Geschichte geschieht, von innen her gesehen, dort, wo Dora existiert; und daß dieses Geschehen ein Text ist und sie eine Person der Handlung, ändert nichts an ihrem Recht, das der Text gewährleistet, sich über einen Bericht zu empören, den sie für mangelhaft oder heimtückisch hält.

So unterbricht Doras Stimme nun von Zeit zu Zeit den ursprünglichen Text, der, abgesehen von unwesentlichen Korrekturen und Eliminierungen kurzer, repetitiver Passagen, derselbe ist, den ich 1954 in der Pensione dei Dogi *geschrieben habe. Der Leser wird darin all das finden, was mir* stilistisch *schlecht erscheint und was Dora* inhaltlich *für falsch hält; dies sind vielleicht, einmal mehr, die Wechselwirkungen ein und derselben Ursache.*

Der Tourismus spielt mit seinen Adepten, er setzt sie einer trügerischen Zeitlichkeit aus, in Frankreich fischt man die übriggebliebenen englischen Münzen aus der Tasche, und in Holland sucht man vergebens nach einer Würze, die nur Poitiers hat. Für Valentina reduzierte sich die kleine römische Bar in der Via Quattro Fontane auf Adriano, auf den Geschmack eines klebrigen Martini und auf das Gesicht Adrianos, der sich dafür entschuldigte, daß er sie an der Theke aus Versehen gestoßen hatte. Sie wußte nicht mehr genau, ob Dora an diesem Morgen dabei war, wahrscheinlich ja, denn sie »machten« Rom zusammen, eine Freundschaft aufbauend, die wie manch andere albernerweise bei Cook und American Express begonnen hatte.

Aber natürlich war ich dabei. Von Anfang an gibt man vor, mich nicht zu sehen, will man mir die Rolle einer manchmal nützlichen, manchmal lästigen Komparsin zuweisen.

Immerhin bedeutete jene Bar in der Nähe der Piazza Barberini für sie Adriano, ein anderer Reisender, ein anderer Müßiggänger, der herumschlendert, wie jeder Tourist in einer Stadt herumschlendert, ein Phantom unter Menschen, die zur Arbeit gehen oder von der Arbeit kommen, die Familie haben, dieselbe Sprache sprechen und die wissen, was eben jetzt in der Welt geschieht und nicht in der Archäologie des Guide Bleu.

Adrianos Augen, sein Haar und seine Kleidung waren sofort vergessen; blieb nur der große, sinnliche Mund, die Lippen, die, wenn er etwas gesagt hatte und während er einem zuhörte, leicht bebten. ›Er hört mit dem Mund‹, hatte Valentina gedacht, als auf das erste Gespräch die Einladung gefolgt war, den berühmten Cocktail der Bar zu trinken, den Adriano lobte und den Beppo, während er ihn in einem chromblitzenden Shaker mixte, zur größten Köstlichkeit Roms proklamierte, das ganze Tyrrhenische Meer mit all seinen Tritonshörnern und Seepferdchen in einem Glas. An diesem Tag fanden Dora und Valentina Adriano sympathisch;

Hm.

er sah nicht wie ein Tourist aus (er selbst bezeichnete sich als einen Reisenden und betonte diesen Unterschied mit einem Lächeln), und das Gespräch am Mittag war ein weiterer Zauber Roms im April. Dora hat es sofort vergessen,

Gar nicht wahr. Zwischen savoir faire *und Dämlichkeiten unterscheiden. Jemand wie ich (oder Valentina natürlich) konnte*

jemanden wie Adriano nicht so leicht vergessen; aber ich bin nun mal intelligent, und von Anfang an habe ich gespürt, daß wir nicht die gleiche Wellenlänge haben. Ich spreche von Freundschaft, nicht von anderem, denn da könnte man nicht einmal von Wellen sprechen. Und da nun mal nichts drin war, warum Zeit verlieren?

sie war vollauf damit beschäftigt, den Lateran und San Clemente zu besichtigen, alles an einem Nachmittag, denn in zwei Tagen würden sie weiterreisen, Cook hatte ihnen gerade eine komplizierte Reise verkauft; ihrerseits nahm Valentina einige Einkäufe zum Vorwand, um am nächsten Morgen wieder in Beppos Bar zu gehen. Als sie Adriano dort sah – er wohnte in einem Hotel in der Nähe –, tat keiner der beiden so, als wäre er überrascht. Adriano wollte in einer Woche nach Florenz fahren, und sie sprachen über Reiserouten, Wechselkurse, Hotels, Reiseführer. Valentina reiste gern per Bus, Adriano dagegen war ein Eisenbahnfan; um sich noch weiter über das Thema zu unterhalten, gingen sie in eine Trattoria der Subarra, wo man Fisch aß in einem Ambiente, das für jene, die nur einmal herkommen, pittoresk war.

Von den Reiseführern gingen sie über zu persönlichen Dingen, Adriano erfuhr von Valentinas Scheidung in Montevideo und sie von seinem Familienleben auf einem Gut in der Nähe von Osorno in Chile. Sie tauschten ihre Eindrücke von London, Paris und Neapel aus. Valentina betrachtete immer wieder Adrianos Mund, betrachtete ihn unverhohlen in dem Augenblick, da die Gabel den Bissen an die Lippen führt und diese sich öffnen, um ihn aufzunehmen, wobei man eigentlich nicht zusehen sollte. Er merkte das und preßte das Stück gebratenen Tintenfisch zwischen den Lippen, als wäre es die Zunge einer Frau, als küßte er Valentina schon.

Falsch, weil verschwiegen wird, daß Valentina nicht nur Adriano so ansah, sondern jeden, den sie anziehend fand; auch mich, kaum daß wir uns im American Express begegnet waren, und ich weiß noch, daß ich mich gefragt habe, ob sie nicht so sei wie ich; diese Art, mich mit immer etwas geweiteten Augen anzusehen ... Doch dann mußte ich mir sagen, daß dem nicht so war; es hätte mir persönlich nichts ausgemacht, mich in dem no man's land *einer Reise mit ihr zu liieren, aber als wir beschlossen, uns das Hotelzimmer zu teilen, wurde mir klar, daß es da etwas anderes gab, daß dieser Blick womöglich Angst oder das Bedürfnis zu vergessen ausdrückte. Aber viel zu große Worte bei diesem einfachen Lachen, der Haarwäsche und den touristischen Freuden; aber dann ... Auf jeden Fall mußte Adriano es für ein Kompliment gehalten haben, das ebensogut einem netten Barkeeper oder einer Schuhverkäuferin gegolten haben könnte. Nebenbei gesagt, ist das auch ein Plagiat* avant la lettre *einer berühmten Filmszene von* Tom Jones.

Er küßte sie an diesem Nachmittag in seinem Hotel in der Via Nazionale, nachdem Valentina Dora angerufen hatte, um ihr zu sagen, daß sie nicht mit ihr zu den Caracalla-Thermen gehen werde.

Dafür eine Münze verschwenden!

Adriano hatte eisgekühlten Wein aufs Zimmer kommen lassen, und es gab englische Zeitschriften und ein großes Fenster, das nach Westen hinausging. Nur das Bett erwies sich als unbequem, weil es so schmal war, aber Männer wie Adriano schlafen mit Frauen fast immer in engen Betten, und Valentina hatte zu viele schlechte Erinnerungen an das Ehebett und begrüßte die Abwechslung.

Falls Dora etwas ahnte, schwieg sie.

Falsch: ich wußte es. Richtig: ich schwieg.

Valentina erzählte ihr an jenem Abend, daß sie Adriano zufällig begegnet war und sie sich in Florenz vielleicht noch einmal treffen würden; als sie ihn drei Tage später wiedersahen, wie er gerade Or'San Michele verließ, schien sich Dora von den dreien am meisten zu freuen.

In solchen Fällen muß man sich dumm stellen, um nicht für dumm gehalten zu werden.

Adriano hatte die Trennung wider Erwarten unerträglich gefunden. Ihm war plötzlich bewußt geworden, daß Valentina ihm fehlte. Das Versprechen, sich wiederzusehen und noch viele Stunden gemeinsam zu verbringen, hatte ihm nicht genügt. Er spürte Doras Eifersucht, die sie nur mit Mühe verbergen konnte, während sie – häßlicher und gewöhnlicher – ihm Dinge erzählte, die sie im Führer des Italienischen Touring Club gelesen hatte.

Nie habe ich die Führer des Italienischen Touring Club benutzt, aus dem einfachen Grund, weil ich sie nicht verstehen kann; der französische Michelin genügt mir vollauf. Passons sur le reste.

Als sie sich am Abend in Adrianos Hotel trafen, ermaß Valentina den Unterschied zwischen diesem Rendezvous und dem ersten in Rom; diesmal waren Vorkehrungen getroffen, das Bett war sehr bequem, und auf einem mit Intarsien verzierten Tischchen erwartete sie ein in blaues Papier eingewickeltes Schächtelchen, das eine florentinische Kamee enthielt, die sie sich – viel später, als sie am Fenster saßen und etwas tranken – ansteckte, mit einer natürlichen, fast nonchalanten Geste, so wie man täglich einen Schlüssel im Schloß umdreht.

Ich kann natürlich nicht wissen, was für Gesten Valentina in diesem Augenblick machte, aber sie waren bestimmt nicht natürlich; alles in ihr war Knoten, Kette, Peitsche. Nachts, von meinem Bett aus, sah ich sie lange auf und ab gehen, bevor sie sich hinlegte, sah, wie sie wieder und wieder nach einem Parfümfläschchen, nach einem Röhrchen mit Tabletten griff, zum Fenster ging, als hörte sie ungewöhnliche Geräusche; und später, als sie schlief, diese Art, mitten im Schlaf zu schluchzen, womit sie mich jäh weckte und mich nötigte, an ihr Bett zu treten, um ihr ein Glas Wasser zu geben und ihr über die Stirn zu streichen, bis sie, etwas beruhigt, wieder einschlief. Und ihre provozierende Vertraulichkeit in jener ersten Nacht in Rom, als sie sich neben mich setzte, du kennst mich nicht, Dora, du hast keine Ahnung, wie es in mir aussieht, diese Leere voller Spiegel, die mir eine Straße in Punta del Este zeigen, ein Kind, das weint, weil ich nicht da bin. Natürlich, ihre Gesten? Mir wenigstens hatten sie von Anfang an klargemacht, daß ich auf der Gefühlsebene, außer Freundschaft, nichts von ihr erwarten konnte. Ich kann mir schwer vorstellen, daß Adriano, so blind er als Mann auch sein mochte, nicht geahnt hat, daß es das Nichts war, was Valentina auf seinem Mund küßte, daß sie vor und nach dem Beischlaf im Schlaf weinte.

Bisher hatte er sich in seine Geliebten nie verliebt; etwas in ihm trieb ihn, sie zu schnell zu nehmen, als daß die Aura, die Zone des Geheimnisses und des Verlangens, hätte entstehen können, die die Voraussetzung für die innere Jagd ist, die einmal Liebe genannt werden könnte. Bei Valentina war es ebenso gewesen, aber in Adriano war in den Tagen der Trennung, an diesen letzten Abenden in Rom und auf der Reise nach Florenz, etwas anderes zum Ausbruch gekommen. Ohne überrascht zu sein, fast ohne sich zu verwundern, sah er sie im goldenen Halbdunkel von Or'San Michele auftauchen, aus dem Tabernakel von Orcagna hervortreten, so als löste sich eine der zahllosen Steinfiguren aus dem Monument, um auf ihn zuzukommen. Vielleicht wurde ihm da bewußt, daß er dabei war, sich in sie zu verlieben. Vielleicht auch erst später im Hotel, als Valentina in seinen Armen angefangen hatte zu weinen, ohne zu sagen, warum, sich hatte gehenlassen wie ein Kind, das einem lange unterdrückten Bedürfnis nachgibt und Erleichterung empfindet, vermischt mit Scham und Tadel.

Momentan weinte Valentina, rein äußerlich gesehen, wegen der Mißlichkeit der Begegnung. Adriano würde in ein paar Tagen seine Reise fortsetzen; sie würden sich nicht noch einmal treffen, denn die Episode war Teil eines gewöhnlichen Ferienprogramms, sie gehörte in den Rahmen von Hotels und Cocktails und rituellen Phrasen. Nur die Körper würden befriedigt sein wie immer, für eine Weile hätten sie das Gefühl der Sattheit eines Hundes, der sich vollgefressen hat und sich mit wohligem Stöhnen in der Sonne ausstreckt. An sich war ihre Begegnung vollkommen: Körper, dazu geschaffen, sich zu umarmen, sich zu vereinen, Lust zu erregen oder hinauszuzögern. Aber als sie Adriano ansah, der auf der Bettkante saß (und der sie mit seinen wulstigen Lippen betrachtete), spürte Valentina, daß der Ritus ohne realen Inhalt vollzogen worden war, daß die Werkzeuge der Leidenschaft hohl waren, daß kein Geist sie bewohnte. All das war für sie in anderen Momenten erträglich und sogar von Vorteil gewesen, aber diesmal hätte sie Adriano gern zurückgehalten, hätte den Augenblick, sich anzuziehen und wegzugehen, gern hinausgezögert, diese Gesten, die irgendwie schon einen Abschied ankündigten.

Hier hat man etwas sagen wollen, ohne es explizit zu sagen, man hört nicht mehr als ein vages Gemurmel. Auch mich hatte Valentina so angesehen, als wir in Rom badeten und uns ankleideten, bevor Adriano auftauchte; auch ich hatte gespürt, daß diese Brüche in der Kontinuität sie schmerzten, sie in die Zukunft stießen. Das erste Mal habe ich den Fehler begangen, darauf anzuspielen, bin auf sie zugegangen, habe ihr über das Haar gestrichen, ihr vorgeschlagen, Getränke kommen zu lassen und vom Fenster aus die Abenddämmerung zu betrachten. Ihre Antwort war schroff, sie war nicht aus Uruguay hierhergekommen, um ihre Zeit in einem Hotel zu verbringen. So dachte ich, daß sie mir noch mißtraute, daß sie dieser Andeutung einer Liebkosung eine bestimmte Bedeutung beimaß, so wie ich ihren ersten Blick im Reisebüro falsch verstanden hat-

te. Valentina hatte diesen Blick, ohne selbst zu wissen, warum; wir anderen waren es, die sich von diesem dunklen Befragen bedrängen ließen, das etwas von einer Verfolgung hatte, aber einer Verfolgung, die uns nicht betraf.

Dora erwartete sie in einem der Cafés der Piazza Signoria, sie hatte gerade Donatello entdeckt und sprach von ihm mit übertriebener Emphase, so als diente ihr die Begeisterung als Schutz, um eine Irritation zu verbergen.

»Natürlich werden wir uns noch die Statuen ansehen«, sagte Valentina, »aber heute nachmittag konnten wir nicht ins Museum gehen, zuviel Sonne, um Museen zu besuchen.«

»Ihr werdet nicht lang genug hier sein, um all das der Sonne zu opfern.«

Adriano machte eine vage Handbewegung, wartete darauf, daß Valentina etwas sagen würde. Er hatte noch nicht herausgefunden, was Dora Valentina bedeutete und ob die Reise der beiden bereits festgelegt war oder noch Änderungen erlaubte. Dora kam wieder auf Donatello zu sprechen, vermehrte so die unnützen Schilderungen, die in Abwesenheit der Kunstwerke gegeben werden; Valentina betrachtete den Turm der Piazza Signoria, holte mechanisch ihre Zigaretten hervor.

Ich glaube, daß es genau so war und daß Adriano zum ersten Mal wirklich litt, er befürchtete, ich repräsentierte die geheiligte Reise, die Kultur als Pflicht, die Zug- und Hotelreservierungen. Aber hätte jemand ihn nach einer anderen Lösung gefragt, hätte er sich nur etwas Ähnliches vorstellen können, zusammen mit Valentina, bloß ohne bestimmtes Ziel.

Am nächsten Tag gingen sie in die Uffizien. Als wollte sie sich vor der Notwendigkeit einer Entscheidung drücken, bestand Valentina darauf, daß Dora in ihrer Nähe bleibe, um Adriano keine Gelegenheit zu geben, mit ihr zu reden. In dem Augenblick jedoch, als Dora zurückblieb und vor einem Gemälde etwas länger verweilte, konnte er Valentina fragen:

»Kommst du heute nachmittag?«

»Ja«, sagte Valentina, ohne ihn anzusehen, »um vier.«

»Ich liebe dich wirklich sehr«, flüsterte Adriano und berührte fast schüchtern ihre Schultern. »Ich liebe dich wirklich sehr, Valentina.«

Da näherte sich eine Gruppe amerikanischer Touristen, denen ein Führer mit näselnder Stimme voranging. Ihre Gesichter waren auf eine gierige Weise leer, zeigten ein geheucheltes Interesse an einer Malerei, die sie eine Stunde später bei Spaghetti und Wein aus den Castelli Romani vergessen haben würden. Dora, die zurückgeblieben war, schloß sich den beiden wieder an, sie blätterte in ihrem Führer und war völlig hilflos, weil die Nummern im Katalog mit denen der Bilder an den Wänden nicht übereinstimmten.

Das war natürlich Absicht. Damit sie miteinander sprechen konnten, sich verabreden – sich satt bekommen. Nicht er, das wußte ich schon, aber sie. Auch nicht gerade, daß sie ihn satt bekommt, vielmehr, daß sie wieder dem ständigen Trieb zu fliehen nachgibt, wodurch sie vielleicht meine Art Gesellschaft wieder akzeptiert, ich jedenfalls bedrängte sie nicht, wartete einfach nur, wenn das auch zwecklos war.

»Ich liebe dich wirklich sehr«, wiederholte Adriano an diesem Nachmittag, als er sich über Valentina beugte, die sich aufs Bett gelegt hatte, um sich auszuruhen. »Du fühlst das, nicht wahr? Das ist in Worten nicht enthalten, es geht nicht darum, es auszudrücken, Namen dafür zu suchen. Sag mir, daß du es fühlst, daß du es dir nicht erklären kannst, aber daß du es fühlst, jetzt, wo ...«

Er schmiegte seinen Kopf zwischen ihre Brüste und küßte sie lange, als tränke er das Fieber, das in der Haut Valentinas pochte, die ihm wie abwesend mit der Hand langsam durchs Haar fuhr.

D'Annuncio hat in Venedig gelebt, nicht wahr? Wofern nicht die Dialog-Autoren von Hollywood ...

»Ja, du liebst mich«, sagte sie. »Aber es ist, als hättest auch du Angst vor etwas, nicht davor, mich zu lieben, aber ... Nicht wirklich Angst, eher ein Bangen. Es beunruhigt dich, was jetzt werden soll.«

»Ich weiß nicht, was werden soll, ich habe nicht die geringste Ahnung. Wie sollte ich vor solcher Leere Angst haben? Meine Angst bist du, es ist eine konkrete Angst, hier und jetzt. Du liebst mich nicht so, wie ich dich liebe, Valentina, oder du liebst mich anders, nur bedingt oder verhalten, wer weiß, aus welchen Gründen.«

Valentina hörte ihm zu und schloß die Augen. Langsam ahnte sie etwas, das mit dem, was er gerade gesagt hatte, übereinstimmte, etwas hinter den Worten, etwas, das zuerst nur eine Leere war, etwas Beunruhigendes. Sie fühlte sich in diesem Augenblick zu glücklich, um die leiseste Trübung dieser vollkommenen und reinen Stunde zu dulden, wo sie beide sich geliebt hatten, ohne an etwas anderes zu denken als daran, nicht denken zu wollen. Aber sie konnte auch nicht umhin, Adrianos Worte zu verstehen. Sie ermaß auf einmal die Vergänglichkeit dieser touristischen Situation unter einem fremden Dach, in einem Bett, das nicht ihnen gehörte, bedroht von Kursbüchern, Reiserouten, die zu verschiedenen Leben führten, mit unbekannten und wahrscheinlich antagonistischen Motiven wie immer.

»Du liebst mich nicht so, wie ich dich liebe«, wiederholte Adriano grollend. »Ich bin dir dienlich wie ein Kellner. Du benutzt mich, benutzt mich wie ein Messer, weiter nichts.«

»Ich bitt' dich«, sagte Valentina. »*Je t'en prie.*«

So schwer, die Ursache dafür zu finden, daß sie nicht mehr glücklich waren, nur wenige Augenblicke nach etwas, das die Glückseligkeit selbst zu sein schien.

»Ich weiß sehr wohl, daß ich zurückkehren muß«, sagte Valentina, ohne die Hand von Adrianos ängstlichem Gesicht zu nehmen. »Mein Sohn, meine Arbeit, so viele Verpflichtungen. Mein

Sohn ist noch so klein und schutzlos.«

»Auch ich muß zurückkehren«, sagte Adriano, die Augen abwendend. »Auch ich habe meine Arbeit, tausend Dinge.«

»Da siehst du's.«

»Nein, ich seh's nicht. Wie sollte ich das sehen? Wenn du mich zwingst, das als die Episode einer Reise zu betrachten, machst du alles kaputt, zertrittst es wie ein Insekt. Ich liebe dich, Valentina. Lieben ist mehr, als sich erinnern oder sich darauf vorzubereiten, sich zu erinnern.«

»Das brauchst du mir nicht zu sagen. Mir nicht. Ich habe Angst vor der Zeit, die Zeit ist der Tod, seine schreckliche Maske. Ist dir nicht klar, daß wir uns gegen die Zeit lieben, daß man die Zeit negieren muß?«

»Ja«, sagte Adriano und ließ sich rücklings neben sie auf das Bett fallen, »trotzdem fährst du übermorgen nach Bologna und ich einen Tag später nach Lucca.«

»Sei still.«

»Warum? Deine Zeit ist die von Cook, auch wenn du versuchst, sie mit Metaphysik anzufüllen. Über die meine dagegen entscheidet meine Laune, mein Wille, die Züge, die ich mir aussuche.«

»Aber wie du siehst«, murmelte Valentina, »wie du siehst, müssen wir uns den Tatsachen beugen. Was bleibt uns anderes übrig?«

»Daß du mit mir kommst. Laß deine fabelhafte organisierte Reise sausen, trenn dich von Dora, die von Dingen redet, von denen sie nichts versteht. Fahren wir beide zusammen!«

Er spielt auf meine Begeisterung für die Malerei an; ob er recht hat, wollen wir dahingestellt sein lassen. Jedenfalls sprechen die beiden miteinander, als hätte jeder einen Spiegel vor sich; ein perfekter Bestseller-Dialog, um zwei Seiten zu füllen, ohne etwas zu sagen. Aber ja, aber nein, aber die Zeit ... Mir war völlig klar, Valentina piuma al vento, *die Neuro und die Depri und nachts eine doppelte Dosis Valium, das ach so alte Bild unserer jungen Epoche. Ich wettete mit mir selbst (in dem Augenblick, ich erinnere mich genau): von zwei Übeln würde*

Valentina das kleinere wählen, mich. Mit mir gäb's kein Problem (wenn sie mich wählte); am Ende der Reise adios, meine Liebe, war sehr schön, adios, adios. Adriano dagegen ... Beide hatten wir dasselbe gespürt: mit Adrianos Mund spielt man nicht. Diese Lippen ... (Wenn ich daran denke, daß Valentina ihnen erlaubte, jeden Winkel ihrer Haut zu erkunden; es gibt Dinge, die kapiere ich einfach nicht, sicher eine Frage der Libido, we know, we know, we know.)

Trotzdem war es einfacher, ihn zu küssen, seiner Kraft nachzugeben, sanft unter die Welle seines Körpers zu gleiten; es war einfacher, sich hinzugeben, als ihm die Zustimmung zu verweigern, an die er, wieder in der Lust versunken, schon nicht mehr dachte.

Valentina stand als erste auf. Lange ließ sie sich vom Wasser der Dusche peitschen. Dann zog sie sich einen Bademantel an und ging zurück ins Zimmer, wo Adriano immer noch im Bett lag, auf einen Ellbogen gestützt, langsam rauchte und sie wie von einem etruskischen Sarkophag aus anlächelte.

»Ich will vom Balkon aus sehen, wie es Abend wird.«

Am Ufer des Arno gelegen, empfing das Hotel das letzte Licht des Tages. Noch hatte man auf dem Ponte Vecchio nicht die Laternen angezündet, der Fluß war ein violettes Band mit helleren Säumen, und über ihm waren kleine Fledermäuse auf der Jagd nach unsichtbaren Insekten; höher am Himmel schnirpten die Schwalben. Valentina lehnte sich im Schaukelstuhl zurück, sog die schon kühle Luft ein. Eine sanfte Müdigkeit überkam sie, sie hätte schlafen können; vielleicht schlief sie auch einige Augenblicke. Aber in diesem Interregnum der Einsamkeit dachte sie weiter an Adriano und an die Zeit, und die monotonen Worte kehrten wieder wie der Refrain eines albernen Liedes, die Zeit ist der Tod, eine Maske des Todes, die Zeit ist der Tod. Sie betrachtete den Himmel, die Schwalben, die ihre klaren Spiele spielten, kurz schrillten, als ritzten sie das tiefblaue Porzellan der Abenddämmerung. Und auch Adriano war der Tod.

Merkwürdig. Plötzlich berührt man Grund nach so vielen falschen Prämissen. Vielleicht ist das immer so (ein anderes Mal darüber nachdenken, in anderen Zusammenhängen). Erstaunlich, daß Menschen, die ihrer eigenen Wahrheit so entfernt sind (Valentina mehr als Adriano, das ist wahr), manchmal das Richtige treffen; natürlich ist es ihnen nicht bewußt, und das ist besser so, wie das folgende beweist. (Will sagen, daß es besser ist für mich, genaugenommen.)

Sie setzte sich wieder auf, erstarrte. Auch Adriano war der Tod. Hatte sie das gedacht? Auch Adriano war der Tod. Das ergab überhaupt keinen Sinn, sie hatte die Worte aneinandergereiht wie in einem Abzählreim, und das Ergebnis war absurd. Sie lehnte sich zurück, entspannte sich und sah wieder den Schwalben zu. Vielleicht war es gar nicht so absurd; aber dieser ihr Gedanke konnte nur eine Metapher sein, denn auf Adriano verzichten würde etwas in ihr töten, würde sie aus einem Augenblicksbereich ihrer selbst herausreißen, würde sie allein lassen mit einer anderen Valentina, einer Valentina ohne Adriano, ohne die Liebe Adrianos, wofern dieses Gestammel so weniger Tage Liebe war, wofern diese wilde Hingabe an einen Körper, der sie überschwemmte und sie ganz erschöpft der Einsamkeit in der Abenddämmerung überließ, für sie selbst Liebe war. Dann doch, so gesehen, war Adriano der Tod. Alles, was man besitzt, ist der Tod, denn es weist auf den Verlust hin, bereitet die künftige Leere vor. Kinderreime, Lirum larum Löffelstiel, aber sie konnte auf die geplante Reise nicht verzichten, konnte nicht bei Adriano bleiben. Eine Komplizin des Todes, also, sie würde ihn einfach nach Lucca fahren lassen, denn über kurz oder lang war es unvermeidlich; dort in der Ferne waren Montevideo und ihr Sohn wie die Schwalben über dem Arno, leise rufend in der Dämmerung, die die Farbe tiefroten Weins annahm.

»Ich werde bleiben«, murmelte Valentina. »Ich liebe ihn, ich liebe ihn. Ich werde bleiben, und eines Tages werde ich ihn mit mir nehmen.«

Sie wußte genau, daß es so nicht gehen würde, daß Adriano ihretwegen nicht sein Leben ändern und Osorno mit Montevideo vertauschen würde.

Wie wollte sie das wissen? Alles deutete auf das Gegenteil hin; Valentina ist es, die Montevideo nie mit Osorno vertauschen würde, dort war sie zu Hause, und sie würde ihre rioplatenser Lebensgewohnheiten nicht aufgeben. Im Grunde glaube ich nicht, daß sie denkt, was man sie denken läßt; aber wahr ist auch, daß Feigheit dazu neigt, die eigene Verantwortung, die man ablehnt, auf andere zu projizieren, usw.

Sie fühlte sich gleichsam schweben, wie fern ihrem Körper, ganz Angst und Beklemmung. Sie sah einen Schwalbenschwarm, der sich über der Mitte des Flusses gebildet hatte und große Kreise beschrieb. Eine der Schwalben sonderte sich von den anderen ab, verlor an Höhe, kam näher. Als es so aussah, als würde sie sich noch einmal emporschwingen, setzte etwas in dem wunderbaren Triebwerk aus. Sie trudelte, stürzte dann wie ein fahles Stück Blei schräg ab und schlug mit dumpfem Geräusch zu Valentinas Füßen auf den Balkon auf.

Adriano hörte den Aufschrei und kam herbeigelaufen. Valentina hatte die Hände vors Gesicht geschlagen und zitterte an allen Gliedern, sie war ans andere Ende des Balkons geflüchtet. Adriano sah die tote Schwalbe und stieß sie mit dem Fuß weg. Die Schwalbe fiel auf die Straße.

»Komm, geh rein«, sagte er und faßte Valentina um die Schulter. »Es ist ja nichts passiert, ist schon vorbei. Du hast dich nur erschreckt, Liebling.«

Valentina beruhigte sich, doch als er ihre Hände vom Gesicht nahm und sie ansah, bekam er Angst, die nur ihre Angst spiegelte, die vielleicht die letzte Angst der Schwalbe war, als die Luft sie plötzlich nicht mehr trug und sie wie vom Blitz getroffen absackte.

Dora plauderte vor dem Schlafengehen gerne noch, und sie verbrachte eine halbe Stunde damit, Valentina ihre Eindrücke von Fiesole und dem Piazzale Michelangelo mitzuteilen. Valentina hörte ihr wie abwesend zu, sie lauschte einem Gemurmel in ihr, das nicht mit einer Meditation zu verwechseln war. Die Schwalbe war tot, sie war mitten im Flug gestorben. Ein Omen, eine Mahnung. Wie in einem seltsam lichten Halbschlaf begannen Adriano und die Schwalbe in ihr eins zu werden, und sie hatte das geradezu wilde Verlangen zu fliehen, sich loszureißen. Sie war sich keiner Schuld bewußt, aber sie fühlte die Schuld in sich, die Schwalbe als eine Schuld, die dumpf zu ihren Füßen aufschlug.

In wenigen Worten sagte sie Dora, daß sie ihre Pläne geändert habe und direkt nach Venedig weiterreisen werde.

»Du wirst mich auf jeden Fall dort treffen. Ich werde eben nur ein paar Tage früher dort sein. Ehrlich gesagt, möchte ich gern ein paar Tage allein sein.«

Dora schien nicht allzu überrascht. Schade nur, daß sich Valentina dadurch Ravenna und Ferrara entgehen ließ. Sie konnte jedoch verstehen, daß Valentina es vorzog, direkt und allein nach Venedig zu fahren; besser, eine Stadt gründlich kennenzulernen als zwei oder drei oberflächlich... Valentina hörte ihr nicht mehr zu, sie war in Gedanken mit ihrer Flucht beschäftigt, die zur Gegenwart, zu einem Balkon über dem Arno Distanz schaffen sollte.

Man trifft hier fast immer das Richtige, wenn man vom Irrtum ausgeht. Das ist ironisch und lustig. Es stimmt, daß ich nicht sehr überrascht war und daß ich lediglich den lip service *leistete, der nötig war, um Valentina zu beruhigen. Was man nicht weiß, ist, daß es für meine Ungerührtheit andere Gründe gab, Valentinas Stimme und ihr Gesicht, als sie mir von dem Zwischenfall auf dem Balkon erzählte – völlig ungereimt, jedenfalls, wenn man ihn so deutete wie sie, als eine Vorbedeutung jenseits aller Logik und eben deshalb so anziehend. Und auch diese deliziöse, grausame Vermutung, daß Valentina die Grün-*

de ihrer Angst verwechselte, daß sie mich mit Adriano verwechselte. Ihre höfliche Distanziertheit an diesem Abend, ihre rasche Art, sich für die Nacht fertig zu machen und zu Bett zu gehen, ohne mir die geringste Gelegenheit zu geben, den Spiegel im Bad, die Riten des Duschens zu teilen, le temps d'un sein nu, entre deux chemises. *Adriano ja, gönnen wir ihr Adriano. Aber warum diese Art, sich ins Bett zu legen und mir den Rükken zuzukehren, sich mit einem Arm das Gesicht zu bedecken, um mir zu verstehen zu geben, so schnell wie möglich das Licht auszumachen und sie schlafen zu lassen, ohne ein Wort zu sagen, selbst ohne den leichten Gute-Nacht-Kuß zwischen Reisegefährtinnen.*

Im Zug dachte sie klarer, aber die Angst blieb. Wovor floh sie eigentlich? Es war nicht einfach, es als eine kluge Lösung zu akzeptieren, sich dazu zu gratulieren, das Band rechtzeitig zerrissen zu haben. Es blieb das Rätsel der Angst, so als wäre Adriano, der arme Adriano, der Teufel, als wäre die Versuchung, sich wirklich in ihn zu verlieben, der auf die Leere hin offene Balkon, die Aufforderung zum unwiderruflichen Sprung.

Valentina dachte dunkel, daß sie mehr vor sich selbst floh als vor Adriano. Daß sie sich ihm in Rom so schnell hingegeben hatte, schien zu beweisen, daß sie die Sache nicht ernst nehmen wollte, daß sie sich jedem fundamentalen Neubeginn widersetzte. Das Fundamentale war auf der anderen Seite des Ozeans zurückgeblieben, zerstört für immer, und jetzt war die Zeit des zügellosen Abenteuers, wie sie schon andere vor und während der Reise gehabt hatte, sie akzeptierte die Umstände ohne moralische oder logische Analyse, die vorübergehende Gesellschaft Doras als Ergebnis einer Zufallsbegegnung am Tresen eines Reisebüros, und die Thekenbekanntschaft Adrianos für die Zeit eines Cocktails oder des Aufenthalts in einer Stadt, Augenblicke und Vergnügen, die so schnell vergessen waren wie das Mobiliar der Hotelzimmer, die man hinter sich ließ.

Eine vorübergehende Gesellschaft, das ist wahr. Aber ich möchte meinen, daß es mehr gibt in einer Beziehung, die mich immerhin Adriano gleichstellt: Valentina und ich sind die zwei Seiten eines Dreiecks, dessen dritte Seite ein Tresen beziehungsweise eine Theke ist.

Und trotzdem, Adriano war in Florenz ihr gegenüber aufgetreten mit dem Anspruch des Besitzers, er war nicht mehr der flüchtige Liebhaber von Rom; schlimmer, er erheischte Gegenseitigkeit, wartete auf sie, drängte sie. Vielleicht rührte die Angst daher, war es nur eine erbärmliche Angst vor den gesellschaftlichen Komplikationen. Montevideo/Osorno, die Leute, die Kinder, die Wirklichkeit, die sich im Kalender des gemeinsam geführten Lebens ganz anders ausnimmt. Vielleicht auch nicht: dahinter gab es immer noch etwas anderes, ungreifbar wie eine Schwalbe im Flug. Etwas, das sich jäh auf sie hätte herabstürzen können, ein toter Körper.

Hm. Warum klappte es bei ihr nicht mit den Männern? Solange sie denkt, wie man sie denken läßt, wird es da das Bild geben von etwas, das in die Enge getrieben, eingekreist ist: die tiefe Wahrheit, umzingelt von den Lügen eines unüberwindlichen Konformismus. Die Ärmste, die Ärmste.

Die ersten Tage in Venedig waren grau und ziemlich kühl, doch am dritten Tag brach schon früh die Sonne durch die Wolken, und bei der Wärme kamen die Touristen aus ihren Hotels und füllten den Markusplatz und die Merceria mit einem fröhlichen Gewimmel von Farben und Sprachen.

Valentina gefiel es, in der Menschenschlange mitzuzuckeln, die sich langsam die Merceria zur Rialto-Brücke hinaufwand. Jede Wegbiegung, die Baretieri-Brücke, San Salvatore, das düstere Postgebäude, der Fondaco dei Tedeschi empfingen sie mit diesem unpersönlichen Gleichmut, den Venedig seinen Touristen gegenüber an den Tag legt, so verschieden von der bebenden Erwar-

kehrt, geheimnisvoll, verbarg Venedig einmal mehr sein wahres Gesicht, unpersönlich lächelnd in Erwartung des Tages und der Stunde, da es den guten Reisenden für seine Treue belohnen würde, indem es sich ihm ganz offenbarte. Von der Rialto-Brücke aus betrachtete Valentina sich den Prunk des Canale Grande und verwunderte sich über die unerwartete Distanz, die es zwischen ihr und dieser Pracht von Wasser und Gondeln gab. Sie bog in die Gassen ein, die sie von *Campo* zu *Campo*, zu Kirchen und Museen führten, und gelangte zu den Molen, von wo aus man die großen Paläste sehen konnte, deren Fassaden von einer bleifarbenen und grünen Witterung korrodiert waren. Sie sah alles, bewunderte alles, wußte jedoch, daß ihre Reaktionen konventionell, ja geradezu forciert waren, wie das wiederholte Loben der Photos, die einem in Familienalben gezeigt werden. Irgend etwas – Blut, Beklemmung oder einfach nur Lebenswille – schien zurückgeblieben zu sein. Valentina haßte auf einmal die Erinnerung an Adriano, er hatte den Fehler begangen, sich in sie zu verlieben, und seine Anmaßung stieß sie ab. Seine Abwesenheit machte ihn noch verhaßter, denn sein Vergehen war eines von denen, die man nur persönlich bestraft oder verzeiht. Venedig

Nachdem diese Wahl getroffen ist, läßt man Valentina denken, wie man will, aber es gibt andere Möglichkeiten, wenn man bedenkt, daß sie sich entschieden hat, allein *nach Venedig zu fahren. Gelten so übertriebene Worte wie Haß und Abscheu wirklich Adriano? Eine einfache Veränderung der Perspektive, und schon denkt Valentina, während sie durch Venedig bummelt, nicht mehr an Adriano. Deshalb war mein freundschaftlicher florentinischer Verrat notwendig, man mußte Adriano weiterhin ins Zentrum einer Handlung projizieren, die mich dann vielleicht, vielleicht gegen Ende der Reise, an diesen Anfang zurückbringen würde, wo ich mir Hoffnungen gemacht hatte, wie ich immer noch fähig war zu hoffen.*

bot sich ihr dar als eine herrliche Szenerie ohne Schauspieler, ohne die Leidenschaft der Teilnahme. Um so besser, aber zugleich auch um so schlimmer; durch die Gassen zu laufen, auf den kleinen Brücken zu verweilen, die den Schlaf der Kanäle wie Lider bedecken, hatte schon etwas von einem Alptraum. Aufwachen, durch irgend etwas erwachen, aber Valentina spürte, daß nur so etwas wie ein Peitschenhieb sie wecken könnte. Sie nahm das Angebot eines Gondolieres an, der sie durch die inneren Kanäle bis zum Markusplatz fahren wollte; in dem alten Sessel mit rotem Polster sitzend, spürte sie, wie Venedig sich sanft zu bewegen begann, gleichsam durch sie hindurch zog, die es wie ein starres, hartnäckig auf sich selbst fixiertes Auge betrachtete.

»Cà d'Oro«, sagte der Gondoliere, ein langes Schweigen brechend, und wies mit der Hand auf die Fassade des Palastes.

Dann fuhr die Gondel auf dem Rio di San Felice weiter und tauchte in ein dunkles und stilles Labyrinth ein, wo es nach Moder roch. Valentina bewunderte, wie alle Touristen, die große Gewandtheit des stehenden Ruderers, diese Art, die Kurven zu nehmen und Hindernissen auszuweichen. Sie spürte ihn hinter sich, unsichtbar, aber lebendig, fast lautlos tauchte er das Ruder ein, bisweilen wechselte er mit jemandem am Ufer ein paar Worte in seinem Dialekt. Sie hatte ihn kaum angesehen, als sie in die Gondel gestiegen war. Für sie sah er aus wie die meisten Gondolieri, groß und schlank, enge schwarze Hose, die Jacke von spanischem Zuschnitt, auf dem Kopf ein gelber Strohhut mit rotem Band. Eher schon konnte sie sich an seine Stimme erinnern, die ihr sanft und ohne einen Anflug von Servilität offeriert hatte: *Gondola, signorina, gondola, gondola.* Sie hatte den Preis und die Route gedankenlos akzeptiert, doch jetzt, wo der Mann ihre Aufmerksamkeit auf die Cà d'Oro gelenkt hatte und sie sich umdrehen mußte, um den Palast zu sehen, bemerkte sie seine markanten Gesichtszüge, die fast herrische Nase und die kleinen, listigen Augen; eine Mischung aus Stolz und Berechnung, auch in der kräftigen, nicht übertrieben breiten Brust und dem verhältnismäßig kleinen Kopf auf einem Hals, der etwas von einer

Schlange hatte, vielleicht wegen der durch das taktmäßige Rudern bedingten Bewegungen.

Wieder nach vorne blickend, sah Valentina eine kleine Brücke kommen. Schon vorher hatte sie gedacht, daß es herrlich sein würde, unter den Brücken hindurchzufahren, für einen Augenblick in ihrer vom Schwamm feuchten Höhlung zu sein, sich die Fußgänger dort oben vorzustellen, doch jetzt sah sie die Brücke mit einiger Beklemmung kommen, als wäre sie der riesige Deckel einer Truhe, der sich über ihr schließen würde. Sie zwang sich, während der kurzen Durchfahrt die Augen offenzuhalten, aber sie stand Ängste aus, und als der schmale Streif hellen Himmels wieder über ihr erschien, machte sie eine verlegene Geste der Dankbarkeit. Der Gondoliere wies sie auf einen anderen Palast hin, einer von jenen, die man nur von den inneren Kanälen aus sehen kann und von denen die Fußgänger nichts ahnen, da sie nur deren Hintertüren sehen, die einander alle gleichen. Valentina hätte alles gern kommentiert, sich des näheren interessiert für die schlichte Information, die der Gondoliere ihr gab; sie hatte plötzlich das Bedürfnis, bei jemandem zu sein, der lebendig und fremd zugleich war, ein Gespräch zu beginnen, das sie dieser Abwesenheit, diesem Nichts, das ihr den Tag und die Dinge verdarb, entriß. Sie stand auf und setzte sich auf eine Planke weiter vorne am Bug. Die Gondel schwankte einen Augenblick,

Wenn die »Abwesenheit« Adriano war, sehe ich keinen Zusammenhang zwischen Valentinas früherem Verhalten und dieser Angst, *die ihr eine Gondelfahrt verdirbt, die, nebenbei gesagt, gar nicht billig ist. Nie werde ich erfahren, wie ihre venezianischen Nächte im Hotel gewesen sind, das Zimmer ohne Geplauder und Berichte vom Tage; vielleicht gewann Adrianos Abwesenheit bei Valentina an Bedeutung, wenngleich einmal mehr als die Maske einer anderen Ferne, eines anderen Mangels, dem sie nicht ins Gesicht sehen wollte oder konnte.* (Wishful thinking, *vielleicht; aber wo bleibt die so berühmte weibliche Intuition? An dem Abend, als wir gleichzeitig nach einer Dose Creme griffen und meine Hand sich auf die ihre legte und wir uns anblickten ... warum bin ich da in der Liebkosung, die der Zufall begonnen hatte, nicht weitergegangen? Alles ist wie in der Schwebe geblieben zwischen uns, und Gondelfahrten evozieren bekanntlich Träumereien, Sehnsucht und Reue.)*

aber der Gondoliere schien sich über das Verhalten seines Passagiers nicht zu wundern. Und als sie ihn lächelnd fragte, was er gesagt habe, wiederholte er, erfreut über das Interesse, das er geweckt hatte, seine Erklärungen im einzelnen.

»Was ist auf der anderen Seite der Insel?« wollte Valentina in ihrem elementaren Italienisch wissen.

»Auf der anderen Seite, Signorina? Auf den Fondamenta Nuove?«

»Wenn es so heißt ... Ich meine, auf der anderen Seite, wo die Touristen nicht hinkommen.«

»Ja, die Fondamenta Nuove«, sagte der Gondoliere, der jetzt langsamer ruderte. »Nun, von dort gehen die Schiffe nach Burano und Torcello.«

»Auf diesen Inseln bin ich noch nicht gewesen.«

»Sehr interessant, Signorina. Die Spitzenmanufakturen. Diese Seite ist nicht so interessant, weil die Fondamenta Nuove ...«

»Ich möchte Orte kennenlernen, die nicht touristisch sind«, sagte Valentina, womit sie nur wiederholte, was alle Touristen sich wünschen. »Was gibt es noch auf den Fondamenta Nuove?«

»Gegenüber ist der Friedhof«, sagte der Gondoliere. »Nicht interessant.«

»Auf einer Insel?«

»Ja, den Fondamenta Nuove gegenüber. Sehen Sie, Signorina, ecco Santi Giovanni e Paolo. Bella chiesa, bellissima ... Ecco il Colleone, capolavoro dal Verrocchio ...«

›Touristen‹, dachte Valentina. ›Sie und wir, die einen sind dazu da, zu erklären, und die anderen, zu glauben, daß sie verstehen. Nun, betrachten wir uns also deine Kirche, betrachten wir uns dein Monument, molto interessante, vero ...‹

Wieviel Künstelei und wie billig. Man läßt Valentina reden und denken, wenn es sich um Lappalien handelt; der Rest ist Schweigen oder Bemerkungen, die fast immer danebengehen. Warum hören wir nicht, was Valentina vor dem Einschlafen geflüstert hat, warum erfahren wir nicht mehr über ihren Körper in der Einsamkeit, über ihren Blick, wenn sie jeden Morgen das Fenster ihres Hotelzimmers öffnet?

Die Gondel legte an der Riva degli Schiavoni an, in Höhe der Piazetta, auf der es von Menschen nur so wimmelte. Valentina hatte Hunger, aber der Gedanke, allein zu essen, stimmte sie mißmutig. Der Gondoliere half ihr beim Aussteigen und nahm strahlend Fahrpreis und Trinkgeld entgegen.

»Wenn die Signorina wieder spazierenfahren möchte, ich bin immer dort drüben.« Er wies auf eine entfernte Anlegestelle, die durch vier Stangen mit Lampions markiert war. »Ich heiße Dino«, fügte er hinzu und legte den Zeigefinger an den Rand seines Huts.

»Danke«, sagte Valentina. Sie wollte weggehen, in der lärmenden und fotografierenden Menge untertauchen. Sie würde den einzigen Menschen zurücklassen, mit dem sie ein paar Worte gewechselt hatte.

»Dino.«

»Signorina?«

»Dino ... Wo kann man gut essen?«

Der Gondoliere lachte frei heraus, aber gleichzeitig sah er Valentina an, als begriffe er, daß das keine dumme Frage eines Touristen war.

»Kennt die Signorina die Restaurants am Kanal?« fragte er ein wenig aufs Geratewohl, um das Terrain zu sondieren.

»Ja«, sagte Valentina, die sie nicht kannte. »Ich meine ein ruhiges Lokal ohne viele Leute.«

»Ohne viele Leute ... wie die Signorina?« sagte der Mann brutal.

Valentina lächelte ihn amüsiert an. Dino war jedenfalls nicht dumm.

»Ohne Touristen, ja. Ein Lokal wie...«

›Das, wo du und deine Freunde essen‹, dachte sie, aber sagte es nicht. Sie spürte die Hand des Mannes auf ihrem Ellbogen, lächelnd forderte er sie auf, in die Gondel zu steigen. Sie ließ sich führen, fast eingeschüchtert, aber der Schatten der Langeweile war auf einmal verschwunden, wie weggefegt von Dinos Geste, als er sein Ruder bis zum Grund der Lagune eintauchte, um der Gondel Schwung zu geben, mit einer Eleganz, daß man ihm die Anstrengung kaum anmerkte.

Unmöglich, sich an die Route zu erinnern. Sie waren unter der Seufzer-Brücke hindurchgefahren, doch danach war alles undeutlich. Valentina schloß hin und wieder die Augen und überließ sich anderen vagen Bildern, die parallel zu dem vorbeizogen, was sie nicht sehen wollte. In der Mittagssonne stieg in den Kanälen ein übelriechender Dunst auf, und alles wiederholte sich, das Stimmengewirr in der Ferne, die Warnrufe an den Einbiegungen. Wenige Leute waren auf den Straßen und den Brücken dieses Viertels, Venedig aß bereits zu Mittag. Dino ruderte mit aller Kraft und lenkte die Gondel schließlich in einen engen, ganz gerade verlaufenden Kanal, an dessen Ende man das grünliche Grau der Lagune sehen konnte. Valentina sagte sich, daß dort die Fondamenta Nuove sein mußten, das gegenüberliegende Ufer, die uninteressante Gegend. Sie wollte sich gerade umwenden und fragen, als sie spürte, daß die Gondel an einigen moosbewachsenen Stufen anhielt. Dino pfiff so lange, bis im zweiten Stock lautlos ein Fenster geöffnet wurde.

»Es ist meine Schwester«, sagte er. »Wir wohnen hier. Möchten Sie mit uns essen, Signorina?«

Valentina nahm die Einladung an, noch bevor sie sich von ihrer Überraschung, einer leichten Irritation erholt hatte. Die Forschheit des Mannes ließ keine Umschweife zu; Valentina hätte mit derselben Entschiedenheit, mit der sie gerade ja gesagt hatte, auch nein sagen können. Dino half ihr beim Hinaufsteigen der Stufen und ließ sie oben warten, bis er die Gondel festgemacht hatte. Sie hörte, wie er in seinem Dialekt mit etwas klangloser

Stimme vor sich hin sang. Dann spürte sie jemanden hinter sich und drehte sich um; eine Frau unbestimmten Alters in einem abgetragenen, blaßrosa Kleid war an der Tür erschienen. Dino sagte ein paar für Valentina unverständliche Worte zu ihr.

»Die Signorina ist sehr nett«, fügte er auf Toskanisch hinzu. »Führ sie hinein, Rosa.«

Und sie wird natürlich hineingehen. Die Hauptsache, sie kann weiter vor sich fliehen, sich belügen. Life, lie, *war es nicht eine Person von O'Neill, die sagte, Leben und Lüge trenne gerade nur ein einziger unschuldiger Buchstabe?*

Sie aßen in einem Zimmer mit niedriger Decke, was Valentina verwunderte, die schon die hohen italienischen Räume gewohnt war. Am Tisch aus schwarzem Holz war Platz für sechs Personen. Dino, der das Hemd gewechselt hatte, ohne daß der Schweißgeruch damit verschwunden wäre, setzte sich Valentina gegenüber. Rosa saß zu ihrer Linken. Und rechts neben ihr die Lieblingskatze, die ihnen mit ihrer würdevollen Schönheit half, die ersten Hemmungen zu überwinden. Es gab *pastasciutta,* Fisch und eine große Kanne Wein. Valentina fand alles ausgezeichnet und war froh über das, was ihr benommener Verstand immer noch als eine Verrücktheit betrachtete.

»Die Signorina hat einen guten Appetit«, bemerkte Rosa, die bisher fast nichts gesagt hatte. »Nehmen Sie etwas Käse.«

»Ja, danke.«

Dino aß gierig, betrachtete mehr seinen Teller als Valentina, doch hatte sie den Eindruck, daß er sie, ohne ihr Fragen zu stellen, irgendwie ausforschte; er hatte sie, im Gegensatz zu den meisten Italienern, nicht einmal nach ihrer Nationalität gefragt. Auf die Dauer, dachte Valentina, ist eine so absurde Situation unhaltbar. Was würden sie nach dem letzten Bissen miteinander sprechen? Dieser schreckliche Augenblick nach einem Essen mit Unbekannten. Sie streichelte die Katze, gab ihr ein kleines Stück Käse zum Kosten. Da lachte Dino, seine Katze esse nur Fisch.

»Sind Sie schon lange Gondoliere?« fragte Valentina, um sich aus der Verlegenheit zu helfen.

»Fünf Jahre, Signorina.«

»Gefällt Ihnen die Arbeit?«

»No si sta male.«

»Jedenfalls scheint sie nicht allzu schwer zu sein.«

»Nein ... die nicht.«

›Dann macht er also noch etwas anderes‹, dachte sie. Rosa schenkte ihr noch einmal Wein ein, und obgleich sie eigentlich nichts mehr trinken wollte, insistierten die Geschwister lächelnd und füllten die Gläser ganz voll. »Die Katze trinkt nicht«, sagte Dino und sah ihr zum ersten Mal nach langer Zeit in die Augen. Alle drei mußten lachen.

Rosa ging hinaus und kam mit einem Teller Erdbeeren wieder. Danach nahm Dino eine Camel an und sagte, der italienische Tabak sei miserabel. Er lehnte sich zurück und rauchte, die Augen halb geschlossen; der Schweiß lief ihm den sehnigen, gebräunten Hals hinunter.

»Ist mein Hotel sehr weit von hier?« fragte Valentina. »Ich möchte Sie nicht länger stören.«

›Eigentlich müßte ich für dieses Essen bezahlen‹, dachte sie, wußte jedoch nicht, wie sie das Problem lösen sollte. Sie nannte den Namen des Hotels, und Dino sagte, er werde sie hinbringen. Rosa hatte das Eßzimmer bereits verlassen. Die Katze hatte sich in einer Ecke auf dem Boden ausgestreckt und schlummerte in der Wärme der Siesta ein. Es roch nach Kanal, nach altem Haus.

»Nun, Sie sind so liebenswürdig gewesen ...«, sagte Valentina, schob ihren Stuhl zurück und stand auf. »Schade, daß ich es Ihnen nicht in gutem Italienisch sagen kann ... Immerhin verstehen Sie mich.«

»Ja, sicher«, sagte Dino, ohne sich vom Platz zu rühren.

»Ich möchte Ihrer Schwester gern auf Wiedersehen sagen, und ...«

»Oh, Rosa. Sie wird schon weg sein. Sie geht immer um diese Zeit aus dem Haus.«

Valentina mußte an das kurze, für sie unverständliche Gespräch während des Essens denken. Es war das einzige Mal, daß sie Dialekt miteinander gesprochen hatten, und Dino hatte sich bei ihr dafür entschuldigt. Ohne zu wissen warum, dachte sie, daß Rosas Weggang mit diesem Gespräch zu tun hatte, und sie verspürte Angst und schämte sich zugleich, daß sie Angst hatte.

Nun stand auch Dino auf. Erst da bemerkte sie, wie groß er war. Die kleinen Augen blickten zur Tür, der einzigen Tür. Sie führte in ein Schlafzimmer (die Geschwister hatten sich dafür entschuldigt, daß sie sie dort hindurchführen mußten, um ins Eßzimmer zu gelangen). Valentina nahm ihren Strohhut und ihre Handtasche. ›Er hat prächtiges Haar‹, sagte sie zu sich. Sie war beunruhigt und zugleich selbstsicher. Das war besser als die bittere Leere am Morgen; jetzt war da jemand, dem sie vertraute.

»Wie schade«, sagte sie, »ich hätte Ihrer Schwester gern auf Wiedersehen gesagt. Dank für alles.«

Sie streckte ihm die Hand hin, er drückte sie sanft und ließ sie gleich wieder los. Valentina spürte, daß ihre dunkle Besorgnis angesichts dieser linkischen, schüchternen Geste schwand. Sie ging zur Tür, und Dino folgte ihr. Sie betrat das andere Zimmer, konnte in dem Halbdunkel kaum die Möbel erkennen. War rechts nicht die Tür zum Gang? Hinter sich hörte sie, wie Dino die Eßzimmertür schloß. Jetzt war das Zimmer noch dunkler. Unwillkürlich drehte sie sich um und wartete, daß er ihr vorausgehe. Eine Wolke von Schweiß hüllte sie ein, und dann drückte Dino sie brutal an sich. Sie schloß die Augen, wehrte sich kaum. Hätte sie gekonnt, sie hätte ihn auf der Stelle umgebracht, ihn geschlagen, ihm das Gesicht verwüstet, diesen Mund, der sie auf den Hals küßte, während eine Hand über ihren Körper glitt, der sich ganz verkrampft hatte. Sie versuchte sich loszureißen und fiel plötzlich hintenüber, ins Dunkel eines Bettes. Dino warf sich so auf sie, daß sie ihre Beine nicht bewegen konnte, küßte sie mit weinfeuchten Lippen mitten auf den Mund. Valentina schloß wieder die Augen. ›Wenn er wenigstens ein Bad genommen hätte‹, dachte sie und hörte auf, sich zu wehren. Dino hielt sie noch einen Augenblick gefangen wie verwundert darüber, daß sie ihren Widerstand aufgegeben hatte. Flüsternd und sie küssend, richtete er sich dann etwas auf und suchte mit seinen ungeschickten Fingern die Knöpfe der Bluse.

Ausgezeichnet, Valentina. Wie die angelsächsische sagesse *lehrt, die auf diese Weise viele Morde durch Strangulation vermieden hat, war das einzig Vernünftige, das in dieser Situation zu tun war,* relax and enjoy it.

Um vier, die Sonne stand noch hoch, legte die Gondel vor San Marco an. Wie beim ersten Mal bot Dino Valentina den Arm und verharrte wie in Erwartung, wobei er ihr in die Augen sah.

»Arrivederci«, sagte Valentina und entfernte sich.

»Heute abend werde ich dort drüben sein«, sagte Dino und wies auf die Anlegestelle. »Um zehn.«

Valentina ging sofort ins Hotel und ließ sich ein heißes Bad ein. Nichts war dringlicher als das, Dinos Geruch loswerden, die Kontamination durch diesen Schweiß, diesen Speichel, der sie besudelte. Mit einem wohligen Seufzer glitt sie ins dampfende Bad, und lange war sie unfähig, die Hand nach dem grünen Stück Seife auszustrecken. Dann begann sie im Rhythmus ihres Denkens, das langsam wieder einsetzte, sich gründlich zu waschen.

Die Erinnerung war nicht unangenehm. All das, was es in den Präliminarien an Häßlichem gegeben hatte, trat vor der Sache selbst in den Hintergrund. Man hatte sie hereingelegt, in eine dumme Falle gelockt, aber sie war zu intelligent, um nicht zu sehen, daß sie selbst das Netz gesponnen hatte. In dem Gewirr von Erinnerungen war ihr vor allem Rosa zuwider, diese flüchtige Gestalt einer heimlichen Komplizin, die sie jetzt, angesichts dessen, was geschehen war, schwerlich als Dinos Schwester ansehen konnte. Sie war wohl eher seine Sklavin, seine Mätresse, die ihm notgedrungen gefällig war, um ihn zu halten.

Sie streckte sich im Bad aus, stöhnte, Dino hatte sich benommen wie der, der er war, hatte rabiat sein Vergnügen gefordert, ohne die geringste Rücksichtnahme. Er hatte sie besessen wie ein Tier, zweimal, hatte Schandbarkeiten von ihr verlangt, die keine gewesen wären, hätte er ein Minimum an Feingefühl besessen.

Und Valentina bereute es nicht, beklagte auch nicht den dumpfigen Geruch des ungemachten Bettes, Dinos Hecheln und Keuchen, den vagen Versöhnungsversuch hinterher (denn Dino hatte Angst, er rechnete sich bereits die Folgen seiner Vergewaltigung einer Ausländerin aus). Tatsächlich bereute sie nichts, sie beklagte nur, daß dem Abenteuer der Charme fehlte. Und vielleicht beklagte sie nicht einmal das, die Brutalität war gewesen wie der Knoblauch im Eintopfgericht der einfachen Leute: die unerläßliche schmackhafte Würze.

Es amüsierte sie in geradezu hysterischer Weise,

Aber nicht doch, keine Hysterie. Nur ich habe die in Valentinas Gesicht sehen können an dem Abend, als ich ihr die Geschichte erzählte, die meiner Mitschülerin Nancy in Marokko passiert ist, eine ähnliche Situation, nur viel brutaler; ihr Vergewaltiger, der sich, als er merkte, daß Nancy ihre Regel hatte, als islamischer Macho betrogen fühlte, hatte sie mit Ohrfeigen und Peitschenhieben gezwungen, ihm die andere Öffnung zu bieten. (Ich habe an ihr nicht entdecken können, wonach ich suchte, als ich ihr das erzählte, aber für einen Augenblick bekam sie leuchtende Augen, dann wechselte sie das Thema und täuschte wie immer Müdigkeit vor.) Vielleicht, wenn Adriano zu Werke gegangen wäre wie Dino, ohne Knoblauch und Schweiß, versteht sich, geschickt und schön. Vielleicht, wenn ich, anstatt sie einschlafen zu lassen...

wenn sie daran dachte, daß Dino, während er ihr mit wahnsinnig ungeschickten Händen beim Anziehen zu helfen versuchte, vorgegeben hatte, die Zärtlichkeit eines Liebhabers zu besitzen, was denn doch zu grotesk war, als daß er selbst daran glaubte. Das Rendezvous, zum Beispiel, das er ihr in San Marco beim Abschied vorgeschlagen hatte, war lächerlich. Was für eine Idee, daß sie noch einmal zu ihm gehen, sich ihm kaltblütig hingeben könnte... Sie brauchte sich wegen ihm keine Gedanken zu machen, sie war sicher, daß er auf seine Art ein guter Mensch war, er hatte sie überfallen, aber nicht obendrein noch beraubt, was so leicht gewesen wäre; sie mußte sogar zugeben, daß sie in dem, was geschehen war, ein normaleres, ein natürlicheres Benehmen sah als in ihrer Begegnung mit Adriano.

Siehst du, Dora, siehst du, du Dumme?

Schrecklich war nur, sich sagen zu müssen, daß Dino ihr so fern war, es gab nicht die geringste Möglichkeit der Kommunikation. Mit dem letzten Seufzer der Lust begann das Schweigen, das Unbehagen, die lächerliche Komödie. Letzten Endes war das ein Vorteil, sie brauchte vor Dino nicht zu fliehen wie vor Adriano. Keine Gefahr, sich zu verlieben; auch er würde sich nicht in sie verlieben, bestimmt nicht. Welche Freiheit! Trotz all der Schmutzigkeit mißfiel ihr das Abenteuer nicht, zumal nachdem sie sich eingeseift hatte.

Zur Stunde des Abendessens kam Dora aus Padua, sprudelnd vor Neuigkeiten über Giotto und Altichiero. Sie fand, daß Valentina gut aussähe, und sagte ihr, daß Adriano vage davon gesprochen hatte, auf seine Reise nach Lucca zu verzichten, doch dann habe sie ihn aus den Augen verloren. »Ich glaube, er hat sich in dich verliebt«, sagte sie obenhin mit ihrem schiefen Lächeln. Sie fand Venedig zauberhaft, obwohl sie noch gar nichts gesehen hatte, aber sie brüstete sich damit, daß sie die Herrlichkeiten der Stadt schon aus dem Benehmen der Kellner und der *facchini* deduzieren könne. »Alles ist so fein, so fein«, wiederholte sie, während sie sich an den Garnelen delektierte.

Verzeihung, aber in meinem ganzen gottverdammten Leben habe ich nie dergleichen gesagt. Was für eine unbewußte Rache liegt darin? Oder aber (ja, ich vermute, ich glaube es) alles kommt aus einem Unterbewußtsein, das auch Valentina erschaffen hat, das sie an der Oberfläche zwar verkennt und sich dauernd über ihr Verhalten und ihre Gründe täuscht, in den tiefen Wassern aber das Richtige trifft, dort, wo Valentina

Rom, den Tresen des Reisebüros, den Entschluß, ein Zimmer und eine Reise zu teilen, nicht vergessen hat. Während der Zeit dieser Blitze – Tiefseefische, die für eine Sekunde an die Oberfläche schnellen – werde ich absichtlich verzerrt und beleidigt, werde ich zu dem, was man mich sagen läßt.

Man sprach von *Venice by night*, aber Dora war von den schönen Künsten ermüdet und ging nach zwei Runden um den Platz ins Hotel zurück. Valentina vollzog das Ritual, im *Florian* einen Portwein zu trinken, und wartete, daß es zehn Uhr werde. Im Gedränge der Leute, die Eis aßen und Blitzlichtfotos schossen, beobachtete sie die Anlegestelle. Es gab auf jener Seite nur zwei Gondeln, deren Lampions angezündet waren. Dino stand neben einem Pfosten auf der Mole. Er wartete.

›Er glaubt tatsächlich, daß ich kommen werde‹, dachte sie etwas überrascht. Ein dem Anschein nach englisches Paar näherte sich dem Gondoliere. Valentina sah, daß Dino den Hut lüftete und den beiden seine Gondel anbot. Fast gleich darauf stiegen sie ein; der Lampion schaukelte in der Nacht der Lagune.

Etwas gereizt, kehrte Valentina ins Hotel zurück. Das Morgenlicht wusch ihr die schlechten Träume ab, nahm ihr jedoch nicht dieses Gefühl der Übelkeit, diesen Druck auf den Magen. Dora wartete auf sie im Salon, um zusammen mit ihr zu frühstücken, und Valentina schenkte sich gerade Tee ein, als ein Kellner an ihren Tisch trat.

»Draußen wartet der Gondoliere der Signorina.«

»Gondoliere? Ich habe keine Gondel bestellt.«

»Aber der Mann hat Sie mir genau beschrieben.«

Dora sah sie neugierig an, und Valentina fühlte sich plötzlich ganz nackt. Sie zwang sich, einen Schluck Tee zu trinken, zögerte noch einen Augenblick und stand dann auf. Dora dachte, es wäre lustig, die Szene vom Fenster aus zu beobachten. Sie sah den Gondoliere, sah, wie Valentina auf ihn zu ging und der Mann sie kurz, aber dezidiert grüßte. Valentina sprach zu ihm fast ohne Gestik, doch Dora sah, wie sie eine Hand hob, als würde sie ihn um etwas bitten – aber das konnte nicht sein –, das der andere ihr nicht gewähren wollte. Dann war er es, der redete, wobei er auf italienische Art wild gestikulierte. Valentina schien darauf zu warten, daß er gehe, aber der andere insistierte, und Dora konnte schließlich sehen, wie Valentina auf ihre Uhr blickte und zustimmend nickte.

»Ich hatte ihn völlig vergessen«, erklärte sie, als sie zurückkam, »aber ein Gondoliere vergißt seine Kunden nicht. Und du, gehst du heute nicht weg?«

»Doch, natürlich«, sagte Dora. »Sind sie alle so nette Kerle wie die im Film?«

»Alle, aber ja doch«, sagte Valentina, ohne zu lächeln. Dinos Kühnheit hatte sie so verblüfft, daß sie einige Mühe hatte, sich wieder zu fangen. Einen Augenblick lang befürchtete sie, Dora könnte ihr vorschlagen, sie zu begleiten; das wäre nur natürlich und typisch Dora. ›Aber genau das wäre die Lösung‹, sagte sie sich. ›So ungehobelt er auch ist, wird er es nicht wagen, ihr eine Szene zu machen. Er gebärdet sich hysterisch, das ist wahr, aber er ist nicht dumm.‹

Dora sagte nichts, lächelte sie nur mit einer Freundlichkeit an, die Valentina nahezu widerlich fand. Sie wußte nicht recht, warum sie Dora nicht vorschlug, die Gondel gemeinsam zu nehmen. Es war seltsam, sie tat alle wichtigen Dinge in diesen Wochen, ohne zu wissen, warum.

Tu parles, ma fille. *Was ich für unglaublich gehalten hatte, wurde zur schlichten Gewißheit, kaum daß sie mich von der Gondelfahrt ausgeschlossen hatten. Sicher kam dem keinerlei Bedeutung zu, es war gerade nur ein Einschub billigen, energischen Trostes, ohne die geringste Gefahr für die Zukunft. Aber es war die Wiederholung, auf niedrigerem Niveau, desselben Faktums: Adriano oder ein Gondoliere, und ich einmal mehr der* outsider. *All das war eine weitere Tasse Tee wert, und ich fragte mich, ob nicht noch etwas zu tun bliebe, um das kleine Uhrwerk zu vervollkommnen, das ich in Gang gesetzt hatte – oh, in aller Unschuld –, bevor ich Florenz verließ.*

Dino fuhr sie durch den Canale Grande über die Rialto-Brücke hinaus, womit er freundlicherweise die längste Strecke wählte. In Höhe des Valmarana-Palastes bogen sie in den Rio dei Santissimi Apostoli ein, und Valentina, die starr nach vorn blickte, sah wieder, eine nach der anderen, die kleinen schwarzen Brücken kommen, auf denen es von Menschen wimmelte. Sie hatte Mühe, sich bewußt zu machen, daß sie erneut in dieser Gondel saß, in dem alten roten Polstersessel. Auf dem Boden ein Rinnsal; Wasser des Kanals, Wasser Venedigs. Der berühmte Karneval. Der Doge vermählte sich mit dem Meer. Venedigs berühmte Paläste und Karnevals. *Ich bin gekommen, Sie abzuholen, weil Sie gestern nicht gekommen sind. Ich möchte Sie in der Gondel mitnehmen.* Der Doge vermählte sich mit dem Meer. Mit größter Dreistigkeit. Und jetzt nahm er sie in der Gondel mit, stieß von Zeit zu Zeit einen halb melancholischen, halb barschen Ruf aus, bevor er in einen inneren Kanal einbog. In weiter Ferne sah Valentina den grünlichen Streifen Land. Wieder die Fondamenta Nuove. Das war vorauszusehen. Die vier moosbewachsenen Stufen, sie erkannte den Ort wieder. Gleich würde er pfeifen, und Rosa würde am Fenster erscheinen.

Lyrisch und deutlich. Fehlen nur The Aspern Papers, der Baron Corvo und Tadzio, der schöne Tadzio und die Cholera. Fehlt auch ein gewisser Telefonanruf aus einem Hotel in der Nähe des Theaters La Fenice, *obgleich niemand daran schuld ist (ich meine an dem fehlenden Detail, nicht an dem Telefonanruf).*

Aber Dino machte die Gondel schweigend fest und wartete. Zum ersten Mal, seit sie in die Gondel gestiegen war, drehte Valentina sich um und sah Dino an. Dino lächelte, ein schönes Lächeln. Er hatte herrliche Zähne, und nach dem Gebrauch von etwas Zahnpasta wären sie vollkommen gewesen.

›Ich bin verloren‹, dachte Valentina und sprang auf die erste Stufe, ohne sich auf den Arm zu stützen, den Dino ihr bot.

Hat sie das wirklich gedacht? Man sollte vorsichtig sein mit Metaphern oder rhetorischen Figuren oder wie immer man das nennen will. Auch das kommt aus der Tiefe; hätte ich das in dem Moment gewußt, ich hätte vielleicht nicht... Aber auch mir war es nicht vergönnt, das Jenseits der Zeit zu betreten.

Als sie zum Abendessen hinunterging, empfing Dora sie mit der Nachricht, daß sie (obgleich sie nicht ganz sicher sei) unter den Touristen auf der Piazza Adriano gesehen habe.

»Ganz von fern, weißt du, unter den Arkaden. Ich glaube, er war's, in diesem hellen, taillierten Anzug. Vielleicht ist er heute nachmittag angekommen... Er verfolgt dich, glaube ich.«

»Ach was!«

»Wieso nicht? Venedig lag nicht auf seiner Route.«

»Du bist dir ja nicht einmal sicher, ob er es war«, sagte Valentina feindselig. Die Nachricht hatte sie eigentlich nicht besonders berührt, aber sie hatte die klägliche Maschinerie der Gedanken in Gang gesetzt. ›Noch einmal das‹, dachte sie. ›Noch einmal.‹ Sie würde ihm begegnen, das war sicher, in Venedig lebt man wie in einer Flasche, alle Leute treffen sich schließlich auf der Piazza oder auf der Rialto-Brücke wieder. Erneut fliehen, aber warum? Sie war es leid, vor dem Nichts zu fliehen, nicht zu wissen, wovor sie eigentlich floh und ob sie wirklich floh oder nur dasselbe machte, was die Tauben hier vor ihren Augen machten, die so taten, als würden sie vor dem eitlen Überfall der Täuberiche fliehen, und die schließlich doch sanft nachgaben, in einem bleigrauen Gestiebe von Federn.

»Trinken wir den Kaffee im *Florian*«, schlug Dora vor. »Vielleicht treffen wir ihn dort, ist doch ein netter Kerl.«

Sie erblickten ihn fast sofort, er stand unter den Arkaden mit dem Rücken zum Platz, in die Betrachtung irgendwelcher abscheulicher Glasarbeiten aus Murano vertieft. Als Dora ihn grüßte und er sich umwandte, zeigte er sich so wenig überrascht, benahm er sich so korrekt, daß Valentina sich erleichtert fühlte.

Kein Theater wenigstens. Adriano grüßte Dora mit seiner distanzierten Höflichkeit und gab Valentina die Hand.

»Sieh einer an, wie klein die Welt doch ist. Niemand entrinnt dem Guide Bleu, nicht heute und nicht morgen.«

»Zumindest wir nicht.«

»Und auch nicht dem Eis von Venedig. Darf ich Sie einladen?«

Fast von Anfang an bestritt Dora die Unterhaltung. Sie hatte auf der Habenseite zwei oder drei Städte mehr als die anderen, und natürlich versuchte sie, diese mit der Aufzählung alles dessen, was sie versäumt hatten, zu erschlagen. Valentina hatte gewünscht, der Gesprächsstoff möchte Dora nie ausgehen oder Adriano würde sich endlich entschließen, ihr offen ins Gesicht zu sehen, ihr den schlimmsten aller Vorwürfe zu machen. Aber er schleckte eifrig sein Eis oder rauchte, wobei er den Kopf etwas geneigt hielt – sein schöner südamerikanischer Kopf – und Dora aufmerksam zuhörte. Nur Valentina bemerkte das leichte Zittern der Finger, die die Zigarette hielten.

Auch ich, meine Liebe, auch ich. Und ich mochte es gar nicht, denn diese Ruhe verbarg etwas, das mir bis dahin nie so gewalttätig erschienen war, die gespannte Feder wie in Erwartung des Fingerdrucks, der den Schuß auslösen würde. So anders als sein fast eisiger Ton, sehr matter of fact, *am Telefon. Für den Augenblick war ich vom Spiel ausgeschlossen, ich konnte nichts tun, damit alles so verlaufe, wie ich es erhofft hatte. Valentina warnen ... Aber das hieße, ihr alles zu verraten, auf Rom zurückzukommen, auf jene Abende, da sie mir ausgewichen war, sich mir entzogen hatte, indem sie Dusche und Seife ganz mir überließ, zu Bett ging und mir den Rücken zukehrte, murmelte, daß sie ja so müde sei, schon halb schlafe.*

Die Unterhaltung wurde allgemeiner, man sprach über die Museen, über kleine touristische Malheurs. Es war die Rede davon, am nächsten Vormittag gemeinsam durch die Stadt zu streifen.

»Aber vielleicht«, sagte Adriano, »fallen wir Valentina lästig.

Sie geht viel lieber allein.«

»Warum beziehen Sie mich mit ein?« sagte Dora lachend. »Valentina und ich verstehen uns insofern, als wir uns nicht verstehen. Sie teilt ihre Gondel mit niemandem, und ich habe ein paar kleine Kanäle, die nur mir gehören. Versuchen Sie einfach, sich mit ihr zu verstehen.«

»Immerhin kann man einen Versuch machen«, sagte Adriano. »Jedenfalls werde ich um halb elf ins Hotel kommen, und Sie werden sich dann entscheiden oder schon entschieden haben.«

Als sie hinaufgingen (ihre Zimmer waren auf der gleichen Etage), legte Valentina ihre Hand auf Doras Arm.

Es war das letzte Mal, daß du mich berührt hast. Nur leicht, wie immer.

»Ich möchte dich um einen Gefallen bitten.«

»Ja, bitte.«

»Laß mich morgen früh allein mit Adriano gehen. Es wird das letzte Mal sein.«

Dora suchte auf dem Grund der Handtasche nach dem Schlüssel. Sie brauchte lange, bis sie ihn gefunden hatte.

»Es würde zu lange dauern, dir das jetzt zu erklären«, fügte Valentina hinzu, »aber du tätest mir einen Gefallen.«

»Ja, natürlich«, sagte Dora und schloß ihre Tür auf. »Auch ihn willst du nicht teilen.«

»Auch ihn nicht? Wenn du meinst, daß ...«

»Nein, es war nur ein Scherz. Schlaf schön.«

Jetzt ist es ohne Bedeutung, aber als ich die Tür schloß, hätte ich mir das Gesicht zerkratzen können. Nein, jetzt ist es ohne Bedeutung; aber wenn Valentina richtig kombiniert hätte ... Dieses »auch ihn nicht« war das Fadenende des Knäuels; sie hat nicht ganz verstanden, hat es nicht mitgekriegt in der Konfusion, in der sie lebte. Um so besser für mich, natürlich, aber vielleicht ... Nun, jetzt ist das wirklich ohne Bedeutung; manchmal genügt Valium.

Valentina erwartete ihn im Vestibül, und Adriano dachte nicht einmal daran zu fragen, warum Dora nicht da war; wie in Florenz oder in Rom schien ihm an ihrer Gegenwart nicht viel gelegen. Sie gingen durch die Via Orsolo, hatten kaum einen Blick für den kleinen Binnensee, wo nachts die Gondeln schliefen, und schlugen dann den Weg zur Rialto-Brücke ein. Valentina im hellen Kleid ging ein paar Schritte vor ihm. Sie hatten nicht mehr als zwei oder drei förmliche Worte gewechselt, aber als sie in eine Gasse einbogen (sie wußten schon nicht mehr, wo sie waren, keiner von beiden blickte auf seinen Stadtplan), holte Adriano sie ein und faßte sie am Arm.

»Das ist zu grausam, weißt du. Was du getan hast, ist ziemlich gemein.«

»Ja, ich weiß. Ich habe dafür noch schlimmere Worte.«

»Einfach so fortzugehen, das ist schäbig. Nur weil eine Schwalbe tot auf den Balkon gefallen ist. Hysterisch.«

»Du wirst zugeben«, sagte Valentina, »daß der Grund, wenn das der Grund war, poetisch ist.«

»Valentina ...«

»Ach, genug«, sagte sie. »Gehen wir irgendwohin, wo es ruhig ist, und sprechen wir uns aus.«

»Gehen wir in mein Hotel.«

»Nein, nicht in dein Hotel.«

»Dann in ein Café.«

»Die sind voller Touristen, das weißt du. Ein ruhiger Ort, der nicht interessant ist ...« Sie zögerte, weil ihr dabei ein Name einfiel. »Gehen wir zu den Fondamenta Nuove.«

»Was ist das?«

»Das andere Ufer, im Norden. Hast du einen Stadtplan? Dort, ja dort. Gehen wir.«

Hinter dem Teatro Malibran, am Ende der Gassen ohne Läden, mit immer geschlossenen Türen, wo ein ärmlich gekleidetes Kind auf einer Türschwelle spielte, erreichten sie die Via Fumo und sahen ganz in der Nähe den Schimmerglanz der Lagune. Das graue Halbdunkel hinter sich lassend, standen sie plötzlich auf einer von Sonne überfluteten Küstenstraße, wo es von Arbeitern und Straßenverkäufern wimmelte. Schäbige Cafés drängten sich um die überdachten Pontons, wo die Fähren nach Burano und zur Friedhofsinsel San Michele abgingen. Valentina, die sich an Dinos Beschreibung erinnerte, hatte den Friedhof sofort ausgemacht. Die kleine Insel, ihr Parallelogramm, das, soweit man sehen konnte, von einer rötlichen Mauer umgeben war. Die Wipfel der Zypressen überragten sie wie eine dunkle Festonstickerei. Man konnte ganz deutlich die Anlegestelle dort drüben erkennen, aber in diesem Augenblick schien die Insel nur die Toten zu beherbergen; kein Boot, und niemand auf den Marmorstufen der Mole. Alles lag im flirrenden Glast der Elf-Uhr-Sonne.

Erst unschlüssig, wandte Valentina sich dann nach rechts. Adriano folgte ihr mit finsterer Miene, ohne auch nur einen Blick auf die Umgebung zu werfen. Sie gingen über eine der Brücken der inneren Kanäle, die in die Lagune münden. Die Hitze machte sich bemerkbar wie unsichtbare Mücken auf dem Gesicht. Es kam noch eine Brücke aus weißem Stein, und Valentina blieb oben auf dem Bogen stehen, stützte sich auf die Brüstung und blickte hinüber ins Zentrum der Stadt. Wenn man sich wirklich aussprechen wollte, dann hier, in dieser neutralen Gegend, die so wenig interessant war, mit dem Friedhof im Rücken und dem Kanal unter ihnen, der sich tief nach Venedig hineinzog, zwischen reizlosen, fast verödeten Ufern.

»Ich bin weggegangen«, sagte Valentina, »weil es keinen Sinn hatte. Laß mich reden. Ich bin weggegangen, weil einer von uns beiden gehen mußte, und du komplizierst die Dinge noch, wo du doch genau weißt, daß einer von uns beiden gehen muß. Es ist nur eine Frage der Zeit. Eine Woche früher oder später, was macht das für einen Unterschied?«

»Für dich gibt es keinen Unterschied«, sagte Adriano. »Für dich läuft es auf dasselbe hinaus.«

»Wenn ich's dir nur erklären könnte... Aber wir würden uns nur an Worten aufhängen. Warum bist du mir gefolgt? Was hat das für einen Sinn?«

Wenn sie das wirklich gesagt hat, weiß ich wenigstens, daß sie nicht vermutet hat, daß ich an Adrianos Anwesenheit in Venedig mitschuldig bin. Dahinter stand natürlich der ewige Groll wegen dieser ihrer Neigung, mich zu ignorieren, nicht einmal zu argwöhnen, daß es da eine dritte Hand gab, die die Karten mischte.

»Ja, ich weiß, daß es keinen Sinn hat«, sagte Adriano. »Aber es ist nun mal so, das ist alles.«

»Du hättest nicht kommen dürfen.«

»Und du hättest nicht einfach so gehen dürfen, mich verlassen wie ...«

»Keine großen Worte, ich bitt' dich. Wie kannst du von ›verlassen‹ sprechen, bei dem Stand der Dinge war das schließlich nur normal. Die Rückkehr zur Normalität, wenn du so willst.«

»Alles ist ganz normal für dich«, sagte er wütend. Seine Lippen zitterten, und er preßte die Hände gegen die Brüstung, als wollte er sich durch den Kontakt mit dem weißen gleichgültigen Stein beruhigen.

Valentina sah, wie sich von fern eine Gondel näherte, die größer war als die anderen, doch waren Einzelheiten noch nicht zu erkennen. Sie fürchtete, dem Blick Adrianos zu begegnen, und ihr einziger Wunsch war, daß er gehe, sollte er sie auch beschimpfen, aber daß er danach gehe. Doch Adriano blieb da mit der ganzen Wollust seines Leidens, fuhr fort in dem, was ein klärendes Gespräch hätte sein sollen, aber nur ein doppelter Monolog war.

»Das ist absurd«, murmelte Valentina schließlich, ohne die Gondel, die langsam näher kam, aus dem Auge zu lassen. »Warum muß ich sein wie du? War dir nicht klar, daß ich dich nicht wiedersehen wollte?«

»Im Grunde liebst du mich«, sagte Adriano groteskerweise. »Es ist gar nicht möglich, daß du mich nicht liebst.«

»Wieso?«

»Weil du anders bist als die anderen. Du hast dich nicht hingegeben wie eine Hysterikerin, wie eine dieser Frauen, die nicht wissen, was sie im Urlaub mit sich anfangen sollen.«

»Du denkst, daß ich mich hingegeben habe, aber ich könnte sagen, daß du es warst, der sich hingegeben hat. Die alten Klischeevorstellungen von den Frauen, wo doch ...«

Et cetera

Aber wir kommen so nicht weiter, Adriano, es ist sinnlos. Entweder du läßt mich noch heute allein, und zwar jetzt gleich, oder ich verlasse Venedig.«

»Ich werde dir folgen«, sagte er fast aggressiv.

»Wir werden uns beide lächerlich machen. Wäre es nicht besser, wenn ...?«

Jedes Wort dieses sinnlosen Geredes wurde ihr widerwärtig bis zur Übelkeit. Die Fassade eines Gesprächs, eine Farbschicht, unter der sich etwas staute, das so faulig war wie die Wasser des Kanals. Mitten in ihrer Frage bemerkte Valentina, daß sich die Gondel von den anderen unterschied. Sie war breiter, fast eine Barkasse, hatte vier Ruderer, die auf den Querplanken standen, und in der Mitte erhob sich so etwas wie ein schwarzer und goldener Katafalk. Und *es war* ein Katafalk, und die Ruderer waren in Schwarz gekleidet, ohne die lustigen Strohhüte. Die Barke hatte jetzt den Quai erreicht, an dem ein kasernenartiges gräuliches Gebäude stand. Es gab eine Anlegestelle vor einem Haus, das wie eine Kapelle aussah. ›Das Krankenhaus‹, dachte sie. ›Die Kapelle des Krankenhauses.‹ Leute kamen dort heraus, ein Mann trug Kränze, die er lässig auf das Totenschiff warf. Andere folgten mit dem Sarg, und es begann das Manöver des Einschiffens. Adriano schien gebannt von dem lichten Grauen, von dem, was da in der Morgensonne geschah, in dem Venedig, das nicht interessant war, das die Touristen nicht zu sehen brauchten. Valentina hörte ihn etwas murmeln, vielleicht war es auch ein unterdrücktes Stöhnen. Doch sie konnte den Blick nicht von der Barke abwenden, von den vier Ruderern, die mit aufgepflanzten Rudern warteten, damit die anderen den Sarg in die Nische mit den schwarzen Vorhängen verfrachten konnten. Am Bug sah man eine glänzende Figur statt des üblichen gezahnten Schmucks der Gondeln. Sah aus wie eine riesige silberne Eule, eine Galionsfigur, die fast lebendig wirkte, aber als die Gondel ihre Fahrt auf dem Kanal wiederaufnahm (die Familie des Toten war auf der Mole zurückgeblieben, und zwei junge Männer stützten eine alte Frau), konnte man sehen, daß die Eule eine silberne Kugel mit einem Kreuz war, das einzig Helle und Glänzende an der ganzen Barke. Sie glitt auf sie zu, gleich würde sie unter der Brücke hindurchfahren, direkt unter ihren Füßen. Ein Sprung, und man würde auf dem Vorschiff, auf dem Sarg landen. Die Brücke schien leicht zu schaukeln, sich auf die Barke hin zu bewegen (»Du kommst also nicht mit mir?«), so starr hielt Valentina den Blick auf die Gondel gerichtet, die die Ruderer langsam vorwärts bewegten.

»Nein, ich werde nicht mitkommen. Laß mich in Frieden, laß mich.«

Sie konnte nichts anderes sagen, nichts von all dem, was sie hätte sagen oder verschweigen können, jetzt wo sie spürte, wie Adrianos Arm neben dem ihren zitterte, und sie hörte, daß er die Frage wiederholte und schwer atmete, fast keuchte. Doch sie konnte nichts anderes sehen als die Barke, die immer näher kam. Sie würde unter der Brücke hindurchfahren, ganz knapp unter ihnen, würde auf der anderen Seite in die Lagune einmünden und sie wie ein langsamer schwarzer Fisch überqueren, würde der Insel der Toten einen weiteren Sarg bringen, diesem stummen Ort hinter den roten Mauern noch einen Toten anvertrauen. Sie war gar nicht überrascht, als sie sah, daß einer der Ruderer Dino war,

War das wahr, wird hier nicht ein schierer Zufall ausgenützt? Aber wie soll man das wissen, und ich frage mich auch, warum Adriano ihr nicht ihr billiges Abenteuer vorgeworfen hat. Ich glaube nämlich, daß er es getan hat, daß dieses völlig nichtssagende Gespräch, das der Szene ihren Zusammenhalt gab, nicht das war, das in Wirklichkeit geführt wurde, nämlich jenes, das aus anderen Tatsachen erwuchs und zu eben dem führte, was ohne es ganz unfaßlich, weil zu entsetzlich wäre.

Wer weiß, vielleicht auch hat er das, was er wußte, verschwiegen, um mich nicht zu denunzieren; ja, aber welche Bedeutung sollte seine Denunziation haben, da er fast sofort ...? Valentina, Valentina, Valentina, welche Wonne, wenn du mir das vorwürfest, wenn du mich beschimpftest, wenn du hier wärest und mich beleidigtest, wenn du es wärest, die mich anschriee, welcher Trost, dich wiederzusehen, Valentina, deine Ohrfeigen zu spüren, deinen Speichel in meinem Gesicht ... (Eine ganze Tablette diesmal. Und sofort, mein Kind.)

der größte, am Heck, und auch Dino hatte sie gesehen und Adriano neben ihr, und er hatte im Rudern innegehalten, um sie anzusehen mit seinen kleinen listigen Augen, die voller Fragen waren und wahrscheinlich (»Bitte, insistiere nicht«) auch voller Wut der Eifersucht. Die Gondel war nur noch wenige Meter entfernt, man sah jeden silbernen Nagelkopf, jede Blume und die schlichten Beschläge des Sargs (»Du tust mir weh, laß mich«). Sie spürte am Ellbogen den unerträglichen Druck von Adrianos Fingern und schloß eine Sekunde lang die Augen, weil sie dachte, er würde sie schlagen. Die Barke schien unter ihren Füßen zu fliehen, und Dinos Gesicht (ganz erstaunt, ein komischer Gedanke, daß auch dieser dumme Mensch sich Illusionen gemacht hatte) glitt schwindelerregend dahin, verschwand unter der Brücke. ›Da fahre ich‹, sagte Valentina zu sich, da, in diesem Sarg fuhr sie dahin, fern von Dino, fern von dieser Hand, die sie brutal am Arm packte. Sie spürte, daß Adriano eine Bewegung machte, so als zöge er etwas aus der Tasche, vielleicht die Zigaretten, mit der Gestik eines Menschen, der Zeit zu gewinnen sucht, den Augenblick um jeden Preis hinauszögern will. Die Zigaretten oder was auch immer, das war nun nicht mehr wichtig, wo sie auf der schwarzen Gondel dahinfuhr, zu ihrer Insel ohne Angst, und sie die Schwalbe schließlich akzeptierte.

Vereinigung mit einem roten Kreis

Für Borges

Ich glaube, Jacobo, es muß Ihnen an dem Abend sehr kalt gewesen sein, und der hartnäckige Regen in Wiesbaden mag Sie schließlich dazu bestimmt haben, ins *Zagreb* zu gehen. Vielleicht war der Hauptgrund der Hunger, Sie hatten den ganzen Tag gearbeitet, und es war nun Zeit, in einem ruhigen und verschwiegenen Lokal zu Abend zu essen; das *Zagreb* hatte vielleicht keine anderen Vorzüge, aber es besaß doch wenigstens diese beiden, und ich stelle mir vor, daß Sie, die Achsel zuckend, so als mokierten Sie sich über sich selbst, kurz entschlossen hineingingen. Jedenfalls gab es genug freie Tische im Halbdunkel des Speisesaals mit leicht balkanischem Anstrich, und es war schön, den nassen Regenmantel an den alten Garderobenständer hängen zu können und diese Ecke zu wählen, wo die grüne Kerze auf dem Tisch leise die Schatten bewegte und altes Tafelbesteck und ein langstieliges Glas erkennen ließ, in dem das Licht wie ein Vogel Schutz suchte.

Zuerst war da dieses Gefühl, das man in einem leeren Restaurant immer hat, Unbehagen und Erleichterung zugleich; dem Aussehen nach schien es nicht schlecht zu sein, mochte einem das Ausbleiben von Gästen zu dieser Stunde auch zu denken geben. Doch in einer fremden Stadt macht man sich nicht groß Gedanken darüber, denn was weiß man schon von den Bräuchen und den Essenszeiten, was zählt, ist die Wärme, ist die Speisekarte, die Ausgefallenes und Bekanntes bietet, die kleine Frau mit großen Augen und schwarzem Haar, die wie aus dem Nichts auftaucht, plötzlich neben dem weißen Tischtuch steht, ein leichtes, in Erwartung erstarrtes Lächeln. Sie meinten, daß es vielleicht schon zu spät war bei dem Lebensrhythmus dieser Stadt, aber wie Sie gerade fragend aufsehen wollten, da legte schon eine kleine bleiche Hand eine Serviette neben Sie und stellte den Salzstreuer, der aus dem Takt gekommen war, wieder an seinen Platz. Natürlich wählten Sie Räuberspieß mit Zwiebeln und rotem Paprika und dazu einen schweren, würzigen Wein, der mit dem Wein aus westlichen Ländern nichts gemein hat; so wie ich früher, mieden Sie die Hotelkost, die aus Furcht vor dem allzu Typischen oder Exotischen zur Fadheit verurteilt ist, und Sie verlangten sogar Schwarzbrot, das zum Räuberspieß vielleicht nicht paßte, doch das die Frau Ihnen umgehend brachte. Erst dann, eine erste Zigarette rauchend, betrachteten Sie sich etwas genauer diese Siebenbürger Enklave, die Sie vor dem Regen und einer nicht besonders interessanten deutschen Stadt schützte. Die Stille, eine leichte Versonnenheit und das wabernde Licht der Kerzen wurden Ihre Komplizen, jedenfalls hielten sie Sie fern von allem übrigen und ließen Sie schön allein mit Ihrer Zigarette und Ihrer Müdigkeit.

Die Hand, die den Wein einschenkte, war ganz behaart, und es dauerte eine Schrecksekunde, bis Sie die absurde logische Kette zerrissen hatten und begriffen, daß nicht mehr die bleiche Frau neben Ihnen war, sondern an ihrer Stelle ein dunkelhäutiger schweigsamer Kellner, der Sie aufforderte, den Wein zu kosten, mit einer Geste, in der nur automatische Erwartung zu liegen schien. Es kommt selten vor, daß ein Gast den Wein schlecht findet, und der Kellner schenkte das Glas denn auch gleich voll, so als wäre das kurze Innehalten nur ein unwesentlicher Moment der Zeremonie. Fast gleichzeitig stellte ein anderer Kellner, der dem ersten merkwürdig ähnlich sah (doch es war der Trachtenanzug und der schwarze Backenbart, was sie uniformierte), den dampfenden Servierteller auf den Tisch und schob mit geübter Hand die gebratenen Fleischstückchen von den Spießen. Die wenigen Worte, die nötig waren, wurden in dem schlechten Deutsch gewechselt, das von dem Gast und von jenen, die ihn bedienten, zu erwarten gewesen war; erneut umgab Sie in dem Halbdunkel des Saals Stille und Müdigkeit, doch jetzt hörte man den Regen auf der Straße lauter prasseln. Auch das hörte fast sofort wieder auf, und ohne sich ganz umwenden zu müssen, wurde Ihnen klar, daß die Eingangstür geöffnet worden war und einen weiteren Gast eingelassen hatte, eine Frau, die kurzsichtig sein mußte nicht nur wegen ihrer dicken Brillengläser, sondern auch wegen der sonderbaren Sicherheit, mit der sie zwischen den Tischen hindurchging, um sich in die gegenüberliegende Ecke des Saals zu setzen, die gerade nur von einer oder zwei Kerzen beleuchtet war, deren Flämmchen, als sie dort vorbeiging, flackerten und ihre schemenhafte Silhouette auf die Möbel, die Wände und den dicken roten Vorhang im Hintergrund projizierten, wo das Restaurant an die übrigen Räume eines nicht vorstellbaren Hauses zu grenzen schien.

Während Sie aßen, amüsierte es Sie etwas, daß die englische Touristin (sie konnte gar nichts anderes sein bei dieser Regenhaut, aus der der Kragen einer pinkfarbenen Bluse hervorsah) sich mit ihrer ganzen Kurzsichtigkeit auf eine Speisekarte konzentrierte, die sie höchstwahrscheinlich nicht verstand, und daß in der dritten Ecke des Saals, an der mit Spiegeln und Girlanden aus Strohblumen dekorierten Theke, die Frau mit den großen schwarzen Augen darauf wartete, daß die Touristin endlich verstehe, um sich ihr zu nähern. Die Kellner hatten sich hinter der Theke postiert, zu beiden Seiten der Frau, und warteten mit verschränkten Armen ebenfalls, einander so ähnlich, daß das Spiegelbild ihrer Rücken in dem fast blinden Spiegel etwas Falsches hatte, wie eine sehr penible, aber auch trügerische Vervierfachung war. Sie alle sahen zu der englischen Touristin hinüber, die nicht zu merken schien, wie die Zeit verstrich, und sich immer noch über die Speisekarte beugte. Man wartete also noch, Sie zündeten sich wieder eine Zigarette an, und die Frau näherte sich schließlich Ihrem Tisch und fragte, ob Sie vielleicht eine Suppe möchten oder griechischen Schafskäse, und nach jeder höflichen Verneinung empfahl sie etwas anderes, immer noch etwas anderes, die Käse sind sehr gut, aber dann vielleicht eine typische Süßspeise. Sie wollten nur einen türkischen Kaffee, denn das Mahl war üppig gewesen, und Sie begannen müde zu werden. Die Frau schien zu zögern, als wollte sie Ihnen Gelegenheit geben, Ihre Meinung zu ändern und doch noch die Käseplatte zu bestellen, und als Sie das nicht taten, wiederholte sie mechanisch türkischen Kaffee, und Sie sagten ja, türkischen Kaffee, und die Frau hatte plötzlich einen kurzen und schnellen Atem, machte den

Kellnern ein Zeichen und ging dann weiter zum Tisch der englischen Touristin.

Der Kaffee ließ auf sich warten, wohingegen Ihnen das Essen sehr schnell serviert worden war, und Sie hatten Zeit, noch eine Zigarette zu rauchen und gemächlich die Flasche Wein auszutrinken, wobei es Sie amüsierte zu sehen, wie die englische Touristin mit ihren dicken Brillengläsern im Saal umherblickte, ohne bei etwas zu verweilen. Sie war etwas unbeholfen oder schüchtern, lange machte sie unbestimmte Bewegungen, bis sie sich entschloß, ihre von Nässe glänzende Regenhaut auszuziehen und auf den Garderobenständer neben ihr zu hängen; als sie sich wieder setzte, mußte der nasse Sitz ihren Rock durchfeuchten, was sie jedoch nicht zu stören schien, sie fuhr in ihrer vagen Betrachtung des Saals fort und saß dann, den Blick aufs Tischtuch geheftet, ganz still da. Die Kellner hatten wieder ihre Posten hinter der Theke bezogen, und die Frau wartete neben der Durchreiche der Küche; alle drei beobachteten die englische Touristin, sahen sie an, als warteten sie auf irgend etwas, daß sie rufe, um noch etwas zu bestellen oder um ihre Bestellung zu ändern, oder daß sie wieder gehe, sie blickten sie in einer Weise an, die Ihnen allzu zudringlich, zumindest ungerechtfertigt erschien. Um Sie hatte man sich nicht mehr gekümmert, die beiden Kellner standen wieder mit verschränkten Armen da, und die Frau hatte den Kopf etwas gesenkt, ihr langes, glattes Haar fiel ihr über die Augen, vielleicht aber war sie es, die die Touristin am schärfsten beobachtete, und Sie fanden das unhöflich und unbehaglich, auch wenn die arme kurzsichtige Blindmaus nichts davon merken konnte, da sie jetzt in ihrer Handtasche kramte und etwas herauszog, das in dem Halbdunkel nicht zu erkennen war, doch das Sie durch das Geräusch identifizierten, das die Blindmaus machte, als sie sich schneuzte. Einer der Kellner brachte ihr das Essen (schien Gulasch zu sein) und kehrte sofort auf seinen Wachposten zurück; ihrer beider Manie, die Arme zu verschränken, sobald sie ihre Arbeit beendet hatten, hätte belustigend sein können, doch irgendwie war es das nicht, und es war auch nicht lustig, daß sich die Frau in der Ecke gegenüber der Theke postierte und von dort mit gespannter Aufmerksamkeit zusah, wie Sie Ihren Kaffee tranken, so langsam, wie dessen Qualität und Aroma das verlangten. Plötzlich schien sich das Zentrum des Interesses verlagert zu haben, denn auch die beiden Kellner beobachteten Sie beim Kaffeetrinken, und noch bevor Sie die Tasse ausgetrunken hatten, kam die Frau zu Ihnen und fragte, ob Sie noch einen Kaffee möchten, und Sie bejahten etwas verdutzt, denn mit all dem, das nichts zu bedeuten hatte, hatte es etwas auf sich, das Sie nicht begriffen und das Sie besser verstehen wollten. Warum, zum Beispiel, schienen es die Kellner plötzlich nicht abwarten zu können, daß die englische Touristin ihr Mahl beende und gehe; kaum hatte sie den letzten Bissen genommen, nahmen sie ihr auch schon den Teller weg und hielten ihr die aufgeschlagene Speisekarte vor die Nase, der eine entfernte sich mit dem leeren Teller, während der andere wartete, sie so geradezu drängte, sich zu entscheiden.

Wie so oft, hätten Sie nicht genau sagen können, in welchem Moment Sie zu verstehen glaubten; auch beim Schach oder in der Liebe gibt es diese Augenblicke, da der Nebel sich lichtet und sich alles von selbst ergibt oder in Erfüllung geht, was eine Sekunde zuvor undenkbar gewesen wäre. Ohne eine Vorstellung zu haben, die sich in Worte fassen ließ, witterten Sie die Gefahr, Sie sagten sich, solange die englische Touristin ihr Abendessen nicht beendet hätte, müßten Sie dableiben, rauchen und trinken, bis sich die wehrlose Blindmaus entschlösse, wieder in ihre Plastikhaut zu schlüpfen und auf die Straße hinauszugehen. Da Sie schon immer den Sport und das Absurde gemocht hatten, fanden Sie es vergnüglich, etwas, das Sie beunruhigte, leichtzunehmen; Sie machten der Bedienung ein Zeichen und bestellten noch einen Kaffee sowie ein Gläschen Barack, der in dieser Enklave besonders zu empfehlen war. Es blieben Ihnen noch drei Zigaretten, und Sie sagten sich, daß sie reichen würden, bis sich die englische Touristin für irgendeinen Nachtisch entschieden hätte; sie würde sicher keinen Kaffee bestellen, das sah man ihrer Brille und ihrer Bluse an; und auch keinen Tee, denn es gibt Dinge, die man außerhalb seines Heimatlandes nicht tut. Mit etwas Glück würde sie in einer Viertelstunde die Rechnung bezahlen und gehen.

Man brachte Ihnen den Kaffee, aber nicht den Barack, die Augen der Frau spähten durch die Haarfransen, bemüht, den Ausdruck anzunehmen, der bei der Verspätung angebracht war; man hole gerade eine neue Flasche aus dem Keller, der Herr möchte die Güte haben, ein paar Minuten zu warten. Die Stimme sprach die Worte deutlich aus, mochten sie auch falsch betont sein, doch Sie merkten, daß die Aufmerksamkeit der Frau dabei auf den anderen Tisch gerichtet war, wo einer der Kellner die Rechnung mit der Geste eines Automaten präsentierte, indem er den Arm weit ausstreckte, und dann mit vollendet anstandsvoller Unhöflichkeit unbeweglich stehenblieb. So als begriffe sie schließlich, kramte die Touristin erneut in ihrer Handtasche; alles an ihr war Unbeholfenheit, womöglich fand sie einen Kamm oder einen Taschenspiegel statt des Geldes, das schließlich aber zum Vorschein gekommen sein mußte, denn der Kellner entfernte sich plötzlich von ihrem Tisch, in eben dem Augenblick, als die Frau mit dem Gläschen Barack an den Ihren trat. Sie wußten selbst nicht recht, warum Sie da gleich um die Rechnung baten, wo Sie jetzt doch sicher waren, daß die Touristin nun gleich gehen würde und Sie in aller Ruhe Ihren Barack genießen und die letzte Zigarette rauchen konnten. Es war vielleicht die Vorstellung, in dem Saal dann wieder allein zu sein, was anfangs so angenehm gewesen, jetzt aber anders war, da war das doppelte Bild der Kellner hinter der Theke und die Frau, die bei Ihrer Bitte um die Rechnung zu zögern schien, als wäre es eine Taktlosigkeit, es so eilig zu haben, und dann machte sie kehrt und ging zur Theke zurück, und das Trio formierte sich aufs neue und mit ihm das Warten. Alles in allem mußte es deprimierend sein, in einem derart leeren Restaurant zu arbeiten, und dazu noch abgeschnitten vom Tageslicht und der frischen Luft; diese Leute welkten langsam dahin, ihre Blässe und ihre mechanischen Gesten waren die einzig mögliche Antwort auf die Monotonie der endlosen Abende. Die Touristin tastete nach ihrer Regenhaut, ging zum Tisch zurück, als glaubte sie, etwas vergessen zu haben, sah unter den Stuhl, und da standen Sie langsam auf, konnten keine Sekunde länger bleiben, und auf halbem Wege stießen Sie auf einen Kellner, der Ihnen das kleine Silbertablett hinhielt, auf das Sie einen Schein legten, ohne einen Blick auf die Rechnung zu werfen. Der Windstoß fuhr in dem Moment herein, als der Kellner in den Taschen seiner roten Weste nach dem Wechselgeld fingerte, aber Sie wußten, daß die Touristin gerade die Tür geöffnet hatte, und warteten nicht länger, Sie hoben die Hand zu einem Abschiedsgruß, der dem Zahlkellner und jenen galt, die Sie von der Theke aus immer noch mit den Blicken verfolgten, und die Entfernung richtig abschätzend, griffen Sie im Vorbeigehen nach Ihrem Regenmantel und traten hinaus auf die Straße, wo es nicht mehr regnete. Erst da atmeten Sie richtig durch, so als hätten Sie die ganze Zeit, ohne sich dessen bewußt zu sein, den Atem verhalten; erst da hatten Sie wirklich Angst und fühlten sich zugleich erleichtert.

Die Touristin war wenige Schritte vor Ihnen, sie ging langsam in Richtung ihres Hotels, und Sie folgten ihr mit der vagen Befürchtung, ihr könnte plötzlich einfallen, daß sie etwas vergessen habe, und sie könnte auf die Idee kommen, ins Restaurant zurückzukehren. Es handelte sich nicht mehr darum, etwas zu verstehen, alles war in sich geschlossen, eine unbegründete Gewißheit: Sie hatten sie gerettet und mußten sich vergewissern, daß sie nicht umkehre, daß diese unbeholfene Blindmaus in ihrer nassen Regenhaut mit absoluter glücklicher Ahnungslosigkeit das schützende Hotel erreiche, ein Zimmer, wo niemand sie anstarren würde, wie die das getan hatten.

Als sie um die Ecke bog, fragten Sie sich, obgleich es jetzt keinen Grund mehr gab, sich zu beeilen, ob es nicht doch besser wäre, ihr dicht auf den Fersen zu bleiben, um sicher zu sein, daß sie mit ihrer irrenden Unbeholfenheit nicht um den ganzen Häuserblock herum ging; Sie legten also einen Schritt zu, um an die Ecke zu kommen, und Sie sahen die schlecht beleuchtete leere Gasse; zwei lange Steinmauern und an deren Ende ein Hoftor, bis zu dem die Touristin in der kurzen Zeit aber nicht hatte gelangen können; nur eine regentrunkene Kröte überquerte hüpfend die nasse Gasse von einem Gehsteig zum anderen.

Für einen Augenblick packte Sie die Wut, wie konnte diese dumme... Dann lehnten Sie sich an die Mauer und warteten, aber es war fast so, als warteten Sie auf sich selbst, auf etwas, das in Tiefen sich öffnen und in Bewegung setzen mußte, damit alles einen Sinn bekomme. Die Kröte hatte ein Loch am Fuße der Mauer gefunden und wartete auch, vielleicht war da ein Insekt, das in dem Loch wohnte, oder gab es einen Durchschlupf zu einem Garten. Sie wußten nicht, wie lange Sie dort gestanden hatten, und auch nicht, warum Sie zur Straße des Restaurants zurückgingen. Die Fenster waren dunkel, doch die schmale Tür war noch halb offen; eigentlich waren Sie gar nicht verwundert, daß die Frau dort stand, als wartete sie auf Sie, wie selbstverständlich.

»Wir haben uns schon gedacht, daß Sie zurückkommen würden«, sagte sie. »Wie Sie sehen, gab es keinen Grund, so schnell wegzugehen.«

Sie machte die Tür etwas weiter auf und trat zur Seite; es wäre jetzt ganz einfach gewesen, ihr den Rücken zu kehren und wieder wegzugehen, ohne auch nur zu antworten, aber die Gasse mit den Mauern und der Kröte war gleichsam eine Widerlegung alles dessen, was Sie sich vorgestellt hatten, alles dessen, was Sie unerklärlicherweise für eine Pflicht gehalten hatten. Im Grunde war es Ihnen gleich, ob Sie nun hineingingen oder wieder umkehrten, auch wenn Sie spürten, wie sich Ihnen der Magen zusammenzog, weshalb Sie zurückwichen; Sie traten ein, noch ehe Sie das auf der Ebene beschlossen hatten, wo nichts an diesem Abend beschlossen worden war, und Sie hörten das Schleifen der Tür und des Riegels hinter sich. Die beiden Kellner waren ganz in der Nähe, und es brannten nur noch wenige Kerzen im Speisesaal.

»Kommen Sie«, sagte die Stimme der Frau irgendwo im Dunkeln, »es ist alles vorbereitet.«

Ihre eigene Stimme klang, als käme sie von weit her, wie von der anderen Seite des Spiegels hinter der Theke.

»Ich verstehe nicht«, konnten Sie nur sagen, »sie war da, und plötzlich...«

Einer der Kellner lachte, ein kurzes, hohles Lachen.

»Oh, so ist sie immer«, sagte die Frau, die jetzt näher kam. »Sie hat alles getan, um zu verhindern, daß das geschieht, sie versucht es immer, die Ärmste. Aber sie haben keine Kraft, sie vermögen nur wenig, und das wenige machen sie auch noch schlecht, es ist ganz anders, als die Leute sich das vorstellen.«

Sie spürten die beiden Kellner an Ihrer Seite, ihre Westen streiften Ihren Regenmantel.

»Sie tut uns fast leid«, sagte die Frau, »schon zweimal ist sie gekommen und mußte wieder gehen, weil ihr nichts glückt. Nie ist ihr etwas geglückt, man braucht sie nur anzusehen.«

»Aber sie . . .«

»Jenny«, sagte die Frau. »Das ist das einzige, was wir von ihr erfahren konnten, als wir sie kennenlernten, sie hatte gerade nur Zeit, uns zu sagen, daß sie Jenny heiße, falls sie nicht nach jemand anderem rief; danach nichts als Schreie, es ist unsinnig, so zu schreien.«

Sie sahen die drei an, ohne etwas zu sagen, sich bewußt, daß es sinnlos war, sie auch nur anzusehen, und Sie taten mir so leid, Jacobo, wie konnte ich ahnen, daß Sie das von mir denken würden, was Sie gedacht haben, und daß Sie versuchen würden, mich zu beschützen, wo doch ich da war, Sie zu beschützen, zu erreichen, daß man Sie gehen lasse. Die Distanz war zu groß, es gab zu viele unüberwindliche Hindernisse zwischen Ihnen und mir; wir haben das gleiche Spiel gespielt, aber Sie waren noch am Leben, und es war unmöglich, Ihnen einen Wink zu geben. Von nun an wird es anders sein, wenn Sie das möchten, von nun an könnten wir zwei sein, die in den Regennächten kommen, vielleicht würde es so besser gehen, wenigstens aber wären wir zwei, wären wir zwei in den Regennächten.

Diese Erzählung erschien im Katalog einer Ausstellung des venezolanischen Malers Jacobo Borges.

Die zwei Seiten der Medaille

Für diejenige, die dies eines Tages lesen wird, zu spät, wie immer.

Die Büros des CERN lagen alle an einem düsteren Korridor, und Javier trat gern dort hinaus, um eine Zigarette zu rauchen, wobei er auf und ab ging und sich Mireille hinter der Tür links vorstellte. Es war das vierte Mal in drei Jahren, daß er, als Angestellter auf Zeit, in Genf arbeitete, und bei jeder Rückkehr begrüßte Mireille ihn herzlich und lud ihn zusammen mit zwei anderen Ingenieuren, einer Sekretärin und einem Stenotypisten, der Jugoslawe und ein Dichter war, zum 5-Uhr-Tee ein. Uns gefiel das kleine Ritual, denn es wurde nicht täglich und darum auch nicht mechanisch vollzogen; alle drei oder vier Tage, wenn wir uns im Aufzug oder auf dem Korridor trafen, lud Mireille ihn ein, sich mit den Kollegen zur Teestunde einzufinden, die sie an ihrem Schreibtisch improvisierte. Vielleicht war ihr Javier sympathisch, weil er aus seinem Überdruß keinen Hehl machte und nicht übel Lust hatte, alles hinzuschmeißen und nach London zurückzukehren. Man wußte nicht recht, warum sie ihn überhaupt beschäftigten, jedenfalls waren Mireilles Kollegen erstaunt über seine verächtliche Einstellung zur Arbeit und daß er seine Berechnungen und Entwürfe bei leichter Musik aus dem japanischen Transistorradio machte. Nichts schien uns damals einander näherzubringen, Mireille saß stundenlang an ihrem Schreibtisch, und es nützte nichts, daß Javier eine absurde Kabbala trieb, um sie herauskommen zu sehen, nachdem er dreiunddreißigmal auf dem Korridor auf und ab gegangen war; und wäre sie herausgekommen, hätten sie doch nur nichtssagende Worte gewechselt, ohne daß es Mireille in den Sinn gekommen wäre, daß er dort in der Hoffnung auf und ab ging, sie herauskommen zu sehen, wie er das auch aus bloßer Spielerei tat, um zu sehen, ob Mireille vor dreiunddreißig, oder wieder ein Fehlschlag. Wir kannten uns kaum, im CERN kennt keiner keinen richtig, die Pflicht, soundso viele Stunden pro Woche zusammenzusein, schafft Spinngewebe der Freundschaft oder der Feindschaft, die jeder Wind des Urlaubs oder der Entlassung zerreißt. Derlei spielten wir während dieser zwei Wochen, die jedes Jahr wiederkehrten, aber für Javier bedeutete die Rückkehr nach London auch Eileen und eine langsame, unaufhaltsame Abnützung von etwas, das einmal den Reiz des Verlangens und der Wonne gehabt hatte, Eileen, eine Wildkatze, die auf dem Stier des Überdrusses und der Gewohnheit ritt. Mit ihr war er mitten in der Stadt auf Safari gegangen, Eileen hatte ihn begleitet, auf dem Piccadilly Circus Antilopen zu jagen, in Hampstead Heath Biwakfeuer anzuzünden, alles war so überstürzt verlaufen wie in einem Stummfilm, bis zu einem letzten Vivace der Liebe in Dänemark, oder war es Rumänien, dann auf einmal die Divergenzen, die ihnen immer schon bekannt waren, doch die sie geleugnet hatten, die Karten, die beim Spiel gezogen werden und das Glück modifizieren, Eileen wollte lieber ins Kino als ins Konzert gehen, oder umgekehrt, Javier ging allein Schallplatten kaufen, weil Eileen sich das Haar waschen mußte, sie, die es sich sonst nur wusch, wenn sie wirklich nichts anderes zu tun hatte, die etwas gegen Hygiene hatte und, bitte, trockne mir das Gesicht ab, ich habe Shampoo in den Augen. Der erste Vertrag mit dem CERN war gekommen, als sie sich schon nichts mehr zu sagen hatten, doch ging das Leben in der Wohnung am Earl's Court routinemäßig weiter, die Liebe war wie die Suppe oder die *Times,* wie Tante Rosa und ihre Geburtstage auf dem Landgut bei Bath, wie die Gasrechnungen. All dies, das jetzt eine trübe Leere war, eine Gegenwart, die, obgleich vergangen, immer wiederkehrte, mischte sich in das Aufundabgehen Javiers auf dem Korridor vor den Büros, fünfundzwanzig, sechsundzwanzig, siebenundzwanzig, vielleicht noch vor dreißig die Tür und Mireille und Hallo, Mireille, die Pipi machen ginge oder den englischen Statistiker mit dem weißen Backenbart nach ein paar Daten fragen wollte, die brünette, reservierte Mireille mit ihrer bis zum Hals geschlossenen Bluse, wo etwas leise pochen mußte, das Vöglein eines Lebens ohne allzu viele Wechselfälle, im Innersten eine Mutter, irgendeine unglückliche Liebe ohne Nachspiel, Mireille, schon etwas altjüngferlich, ein bißchen Bürodame, doch manchmal pfiff sie im Aufzug ein Thema von Mahler, sie kleidete sich ohne Extravaganz, fast immer in Braun, oder sie trug ein Schneiderkostüm, für ihr Alter viel zu gesetzt, ihre Zurückhaltung zu streng.

Nur einer von beiden schreibt dies, aber das ist einerlei, es ist, als schrieben wir es gemeinsam, obwohl wir nie wieder zusammenkommen werden, Mireille wird in ihrem Häuschen in der Nähe von Genf bleiben, Javier wird durch die Welt reisen und immer wieder in seine Wohnung in London zurückkehren, hartnäckig wie eine Fliege, die sich hundertmal auf denselben Arm setzt, denn da war Eileen. Wir beide schreiben es, so wie eine Medaille zugleich ihre Vorderseite und ihre Rückseite ist, die nie zusammenfinden werden, die sich dann und wann nur flüchtig im Spiegelspiel des Lebens erblicken. Nie werden wir mit Sicherheit wissen, für wen von beiden sie schmerzlicher ist, diese Art, nicht da zu sein, die der jeweils andere besitzt, jeder für sich. Mireille weint manchmal, wenn sie ein bestimmtes Quintett von Brahms hört, allein am Abend in ihrem Wohnzimmer mit dunklen Deckenbalken und Bauernmöbeln, in das mitunter der Duft der Rosen aus dem Garten dringt. Javier kann nicht weinen, seine Tränen verdichten sich vornehmlich zu Alpträumen, die ihn neben Eileen brutal wecken und von denen er sich befreit, indem er Cognac trinkt und Texte schreibt, die nicht unbedingt die Alpträume zum Inhalt haben, wenngleich manchmal doch, manchmal faßt er sie in unnütze Worte, und für eine Weile ist dann er der Herr, entscheidet er, was ausgesprochen werden oder was allmählich ins trügerische Vergessen eines neuen Tages gleiten soll.

Wir beide wissen, jeder auf seine Weise, daß es ein Irrtum war, ein vermeidbares Mißverständnis, das zu vermeiden jedoch keiner fähig war. Wir müssen sagen, daß wir nie über uns geurteilt haben, daß wir einfach hingenommen haben, daß die Dinge sich so ergaben und daß man nicht mehr tun konnte, als wir getan haben. Ich weiß nicht, ob wir damals an so etwas wie Stolz, Entsagung, Enttäuschung gedacht haben, ob nur Mireille oder nur Javier so etwas dachte, während der andere es wie etwas Unabänderliches hinnahm, sich einer Ordnung der Dinge unterwarf, die sie beide umfaßte und beherrschte; es wäre zu einfach, sich jetzt zu sagen, daß alles von einem plötzlichen Aufbegehren hätte abhängen können, die Nachttischlampe anknipsen, wenn Mireille das nicht wollte, oder Javier zurückhalten, um ihn die ganze Nacht neben sich zu haben, wenn er schon seine Sachen suchte und sich wieder anziehen wollte; es wäre zu einfach, es dem Taktgefühl zuzuschieben, daß man unmöglich brutal oder hartnäckig oder großzügig hatte sein können. Bei einfachen oder ungebildeten Menschen wäre alles anders verlaufen, vielleicht hätte in einer Ohrfeige oder in einer Schimpfrede die Barmherzigkeit gelegen und hätte ihnen den rechten Weg gezeigt, den der Anstand uns höflich versagte. Unsere Rücksichtnahme war die Folge einer Lebensweise, die uns zusammenhielt wie die zwei Seiten der Medaille; wir nahmen es hin, jeder auf seiner Seite, Mireille mit distanziertem, entsagungsvollem Schweigen, Javier, indem er ihr seine schon lächerliche Hoffnung einflüsterte und schließlich mitten im Satz, mitten in einem letzten Brief verstummte. Und nach alldem bleibt uns nur die klägliche Aufgabe, uns weiterhin anständig zu verhalten, weiterzuleben mit der vergeblichen Hoffnung, daß das Vergessen uns nicht allzusehr vergessen möge.

Eines Tages trafen wir uns bei Mireille zu Hause, fast notgedrungen hatte sie ihn mit anderen Kollegen zum Mittagessen eingeladen, sie konnte gar nicht anders, als Gabriela und Tom, während sie in Mireilles Büro Tee tranken, auf das Essen anspielten, und Javier hatte gedacht, daß es doch recht traurig war, daß Mireille ihn bloß unter gesellschaftlichem Druck einlud, aber dann hatte er eine Flasche Jack Daniels gekauft und das Häuschen in der Nähe von Genf kennengelernt, den kleinen Rosengarten und das Barbecue, das Tom zelebrierte, bei Cocktails und einer Platte von den Beatles, die nicht Mireille gehörte, die bestimmt nicht aus der hehren Schallplattensammlung Mireilles stammte, sondern die Gabriela aufgelegt hatte, weil für sie und Tom und den halben CERN die Luft ohne diese Musik zum Ersticken war. Wir sprachen nicht viel, irgendwann führte Mireille ihn durch den Rosengarten, und er fragte sie, wie ihr Genf gefalle, aber sie blickte ihn nur an und zuckte die Achseln, er sah, wie sie sich mit Tellern und Gläsern abmühte, hörte sie leise fluchen, ein Splitter in der Hand, ein Haufen Scherben, und vielleicht war es in dem Augenblick, daß er sie zum ersten Mal begehrte, die Haarsträhne, die ihr in die Stirn hing, die Bluejeans, die ihre Taille betonten, die etwas dunkle Stimme, die sicherlich Arien singen und mit einem samtenen Gemurmel Bedeutendes sagen konnte. Am Wochenende kehrte er nach London zurück, Eileen war in Helsinki, ein Zettel auf dem Tisch berichtete von einem gut bezahlten Job, drei Wochen, im Kühlschrank ist noch ein Huhn, Küsse.

Beim nächsten Mal war der CERN mitten in einer Konferenz auf höchster Ebene, Javier mußte wirklich arbeiten, und Mireille schien ihn zu bedauern, als er ihr das zwischen dem fünften Stock und der Straße im Trauerton mitteilte; sie schlug ihm vor, zusammen ein Klavierkonzert zu besuchen, sie gingen hin, waren bei Schubert einer Meinung, nicht bei Bartók, sie tranken etwas in einem fast leeren Café, sie besaß einen alten englischen Wagen und brachte ihn in sein Hotel, er hatte ihr eine Schallplatte mit Madrigalen mitgebracht, und es war schön, daß sie sie noch nicht kannte, daß er sie nicht umzutauschen brauchte. Sonntag auf dem Lande, die große Helle eines Nachmittags, fast zu schweizerisch, wir ließen das Auto in einem Dorf stehen und wanderten durch die Weizenfelder, da erzählte ihr Javier von Eileen, nur um etwas zu erzählen, ohne Notwendigkeit, und Mireille hörte ihm schweigend zu, ersparte ihm das Mitgefühl und Bemerkungen, die er sich jedoch irgendwie gewünscht hätte, denn er erhoffte sich von ihr etwas, das dem, was er empfand, zu ähneln begänne, seinem Verlangen, sie zärtlich zu küssen, sie an einen Baumstamm zu lehnen und ihre Lippen, ihren ganzen Mund zu erkunden. Auf dem Rückweg sprachen wir kaum über uns, wir ließen uns von den Feldwegen führen, die an jeder Biegung neuen Gesprächsstoff boten, die Hecken, die Kühe, ein Himmel mit silbrigen Wolken, die Ansichtskarte des braven Sonntags. Doch als wir zwischen Zäunen einen Hang hinunterliefen, fühlte Javier Mireilles Hand nahe der seinen und faßte nach ihr, und sie liefen weiter, als trieben sie sich gegenseitig an, und schon im Auto lud Mireille ihn ein, den Tee in ihrer Hütte zu trinken (sie nannte ihr Häuschen gern Hütte, weil es keine war, aber etwas von einer Hütte hatte) und Schallplatten zu hören. Die Zeit setzte aus, eine Linie, die im Rhythmus der Zeichnung plötzlich abbricht und an einer anderen Stelle des Blattes von neuem beginnt, auf der Suche nach einer neuen Richtung.

An diesem Abend zogen wir eine sehr klare Bilanz: Mahler ja, Brahms ja, das Mittelalter insgesamt ja, Jazz nein (Mireille), Jazz ja (Javier). Vom Rest sprachen wir nicht, blieben noch zu erkunden die Renaissance und das Barock, Pierre Boulez und John Cage (aber daß Mireille für Cage, nein, das war sicher, obgleich sie nicht über ihn gesprochen hatten, und wahrscheinlich Boulez als Komponist nein, wogegen als Dirigent ja, diese wichtigen Nuancierungen). Drei Tage darauf gingen wir in ein Konzert, aßen in der Altstadt, eine Postkarte von Eileen war gekommen und für sie ein Brief von ihrer Mutter, aber wir sprachen nicht darüber, alles war noch Brahms und ein Weißwein, der Brahms gemundet hätte, wir waren ganz sicher, daß Brahms diesen Weißwein goutiert hätte. Mireille setzte ihn am Hotel ab, und sie küßten sich auf die Wangen, vielleicht nicht ganz so flüchtig, wie man sich die Wangen küßt, aber auf die Wangen. In dieser Nacht beantwortete Javier die Postkarte von Eileen, und Mireille goß im Mondschein ihre Rosen, nicht aus einer romantischen Anwandlung heraus, denn sie war überhaupt nicht romantisch, sondern weil sie keinen Schlaf finden konnte.

Über Politik wurde nicht gesprochen, abgesehen von gelegentlichen Bemerkungen, die nach und nach zeigten, daß wir zum Teil verschiedene Ansichten hatten. Vielleicht hatten wir uns dem Thema nicht stellen wollen, vielleicht waren wir zu feige dazu; beim Tee im Büro wurde offen Stellung bezogen, der Stenotypist und Dichter wetterte gegen die Israelis, Gabriela dagegen fand sie großartig, Mireille sagte nur, daß sie im Recht seien und ganz gewiefte Burschen, Javier lächelte ihr ohne Ironie zu und bemerkte, daß man genau dasselbe von den Palästinensern sagen könnte. Tom war für eine internationale Regelung mit Blauhelmen und dem ganzen Theater, im übrigen gab es Tee und Vermutungen darüber, was sie in dieser Woche an Arbeit erwarte. Irgendwann würden wir ernsthaft über all das sprechen, jetzt genügte es uns, einander anzusehen und uns wohl zu fühlen, uns zu sagen, daß wir schon bald einen Beethovenabend in der Victoria Hall erleben würden; darüber sprachen wir in der Hütte, Javier hatte Cognac mitgebracht und ein drolliges mechanisches Spielzeug, das Mireille sehr gefallen würde, wie er meinte, doch das sie höchst albern fand, obgleich sie es dann trotzdem aufs Regal stellte, es aufzog und seinen Verrenkungen freundlicherweise zusah. An diesem Nachmittag gab es Bach, das Violoncello von Rostropowitsch und ein Licht, das langsam abnahm wie der Cognac in den geschliffenen Gläsern. Nichts war so charakteristisch für uns wie dieses schweigende Einvernehmen, nie mußten wir Einwände erheben oder eine Bemerkung hinunterschlucken; erst später, beim Wechseln der Platte, stellten sich die ersten Worte ein. Javier sagte sie, den Blick auf den Boden gerichtet, er fragte einfach, ob er einmal das von ihr erfahren dürfe, was sie über ihn schon wußte, ihr London und ihre Eileen.

Ja, natürlich könne er das erfahren, aber nicht jetzt, auf keinen Fall jetzt. Manchmal, in der Jugendzeit, von der es sonst nur Gutes zu erzählen gab, hatte es Tage gegeben, da alles sehr bedrükkend war. Im Halbdunkel spürte Javier, daß ihre Worte wie feucht waren, ein plötzliches Sichgehenlassen, aber schon trocknete sie sich mit dem Ärmel die Augen, ohne ihm Zeit zu lassen, mehr zu fragen, oder sie um Verzeihung zu bitten. Beschämt schlang er einen Arm um sie, suchte ihr Gesicht, das ihn zwar nicht abwies, aber aussah, als wäre es anderswo, in einer anderen Zeit. Er wollte sie küssen, doch sie rückte zur Seite und murmelte eine Entschuldigung, noch etwas Cognac, es sei nichts, er solle sie nicht drängen.

Alles verwischt sich mit der Zeit, wir könnten uns nicht genau erinnern, was in diesen Wochen vorher oder nachher geschah, an die Reihenfolge der Spaziergänge oder der Konzerte, der gemeinsamen Museumsbesuche. Vielleicht hätte Mireille die Sequenzen in ihrer Reihenfolge besser ordnen können, Javier tat nichts weiter, als seine wenigen Karten aufzudecken, die baldige Rückkehr nach London, Eileen, die Konzerte, durch eine schlichte Bemerkung erfuhr er Mireilles Religion, ihren Glauben und ihre Wertvorstellungen, das, was bei ihm nur die Hoffnung auf eine Gegenwart war, die fast immer geschmälert wurde. Nachdem wir uns in einem Café lachend darum gestritten hatten, wer bezahlt, sahen wir uns an wie alte Freunde, plötzlich Kameraden, wir sagten uns Schimpfworte, die jedes Sinns entbehrten, Tatzenhiebe spielender Bären. Als wir in die Hütte zurückkehrten, um Musik zu hören, war zwischen ihnen ein anderer Ton aufgekommen, eine neue Vertraulichkeit, mit der er ihr beim Betreten des Hauses in die Seite puffte, Javier hatte das Recht, sich selbst ein Glas zu holen, oder konnte sie bitten, nicht Telemann, zuerst Lotte Lehmann, und viel, viel Eis in den Whisky. Alles schien sich verkehrt zu haben, Javier spürte es, und etwas verwirrte ihn, ohne daß er wußte, was, ein Angekommensein vor der Ankunft, ein Hausrecht, das niemand ihm gegeben hatte. Beim Musikhören sahen wir uns nie an, es genügte, da auf dem alten Ledersofa zu sitzen, während es dämmrig wurde und Lotte Lehmann sang. Als er ihren Mund suchte und seine Finger über die Wölbung ihres Busens strichen, hielt Mireille still, ließ sich küssen und erwiderte seinen Kuß und überließ ihm für eine Sekunde ihre Zunge und ihren Speichel, doch immer noch reglos, ohne seiner Geste, sie aus dem Sessel zu heben, entgegenzukommen, blieb stumm, während er ihr seine Bitte stammelte, sich all das von ihr wünschte, was schon auf der ersten Treppenstufe wartete, in der Nacht ganz für sie beide allein.

Auch er wartete, glaubte zu verstehen und bat sie um Verzeihung, doch zuvor, den Mund noch ganz nahe ihrem Gesicht, hatte er sie gefragt, warum, hatte sie gefragt, ob sie noch Jungfrau sei, und Mireille hatte verneint, indem sie den Kopf senkte und ihn von unten her anlächelte, als wäre es dumm und überflüssig, sie das zu fragen. Sie hörten noch eine Platte, aßen Kekse und tranken etwas, es war schon tiefe Nacht, er müsse jetzt gehen. Wir standen gleichzeitig auf, Mireille ließ sich umarmen, als hätte sie alle Kraft verloren, sie sagte nichts, als er ihr noch einmal seinen Wunsch zuflüsterte; sie stiegen die schmale Treppe hinauf, und auf dem Treppenabsatz trennten sie sich, es entstand jene Pause, da man Türen öffnet und Licht macht, sie bat ihn zu warten und verschwand und kam lange nicht wieder, während Javier sich im Schlafzimmer wie außerhalb seiner selbst fühlte, nicht einmal denken konnte, daß er das nicht hätte zulassen dürfen, daß es so nicht sein durfte, dies Warten, die Vorkehrungen, die sie wahrscheinlich traf, diese geradezu entwürdigende Routine. Er sah sie in einem Bademantel aus weißem Frottee zurückkommen, ans Bett treten, die Hand nach der Nachttischlampe ausstrecken. Laß das Licht an, bat er sie, aber Mireille schüttelte den Kopf und machte es aus, ließ ihn sich im Dunkeln ausziehen, nach dem Bettrand tasten, neben ihren unbeweglichen Körper gleiten.

Wir haben nicht miteinander geschlafen. Wir waren nahe daran, nachdem Javier mit Händen und Lippen den stillen Körper erkundet hatte, der ihn im Finstern erwartete. Doch ihn verlangte nach anderem: sie bei Licht sehen, ihre Brüste und ihren Bauch, ihr die Schultern streicheln, Mireilles Hände auf seinem eigenen Körper sehen, diese Lust, die der Lust voraufgeht, in tausend Details erleben. Bei der völligen Stille und Dunkelheit, bei der Zurückhaltung und Ängstlichkeit, die von der unsichtbaren und stummen Mireille ausgingen, wich alles der Unwirklichkeit eines Dämmerschlafs, doch er war unfähig, sich dagegen aufzulehnen, aus dem Bett zu springen und Licht zu machen, einen notwendigen, prächtigen Willen durchzusetzen. Er dachte dunkel, daß dann, wenn sie ihn erst kennengelernt hätte, wenn es zu wahrer Vertrautheit käme, aber die Stille und das Dunkel und das Ticktack der Uhr auf der Kommode waren stärker. Er stammelte eine Entschuldigung, die sie mit einem freundschaftlichen Kuß zum Verstummen brachte, preßte sich dann an ihren Körper, fühlte sich unendlich müde, vielleicht schlief er einen Augenblick.

Vielleicht haben wir beide geschlafen, ja, vielleicht war jeder in dieser Stunde sich selbst überlassen, selbstverloren. Mireille stand als erste auf und machte Licht, in ihren Bademantel gehüllt, ging sie ins Bad, während Javier sich mechanisch anzog, unfähig zu denken, der Mund ganz pelzig, und im Magen brannte ihm der Cognac. Sie sprachen kaum, sahen sich kaum an, Mireille sagte, es mache doch nichts, an der Ecke stünden immer Taxis, sie begleitete ihn hinunter. Er war nicht imstande, die starre Kette von Ursachen und Folgen zu sprengen, die überkommene Routine zu durchbrechen, die, schon lange bevor es sie beide gab, von ihm verlangte, sich zu beugen und mitten in der Nacht die Hütte zu verlassen; er dachte nur, daß sie am nächsten Tag ruhiger miteinander sprechen könnten, daß er versuchen würde, ihr zu erklären, aber was erklären. Und tatsächlich sprachen sie miteinander, in demselben Café wie immer, und Mireille sagte noch einmal, daß es nichts mache, es sei völlig unwichtig, ein andermal ginge es vielleicht besser, nicht der Rede wert. In drei Tagen würde er nach London zurückkehren, doch als er sie fragte, ob er sie zur Hütte begleiten dürfe, sagte sie nein, besser nicht. Wir vermochten nichts weiter zu tun oder zu sagen, konnten nicht einmal zusammen schweigen, uns an einer Ecke umarmen, uns in einem Blick begegnen. Es war, als erwartete Mireille von Javier etwas, das er von Mireille erwartete, es war das eine Frage der Initiative oder des Vorrangs, des ersten Schritts, den nun einmal der Mann tut, und der Folgsamkeit seitens der Frau, die von anderen beschlossene, von außen übernommene unabänderliche Rangordnung; wir aber waren einen Weg gegangen, auf dem keiner dem anderen vorangehen, keiner die harmonische Parität verletzen wollte; nicht einmal jetzt, da wir wußten, daß dieser Weg der falsche war, waren wir fähig, aufzubegehren, das Licht anzuknipsen, uns über die unnötigen Zeremonien hinwegzusetzen, über die Bademäntel und das es macht doch nichts, mach dir nichts draus, ein andermal geht's besser. Es wäre besser gewesen, hätten wir das gleich eingesehen. Es wäre besser gewesen, hätten wir gemeinsam rezitiert: Aus lauter Taktgefühl versäumen wir unser Leben; der Dichter hätte uns verziehen, daß wir auch für uns sprachen.

Wir sahen uns viele Monate nicht. Javier schrieb ihr natürlich, und pünktlich erhielt er ein paar Zeilen von Mireille, die ebenso herzlich waren wie reserviert. Dann begann er, sie abends anzurufen, fast immer sonnabends, wenn sie, wie er sich vorstellte, in ihrer Hütte allein war, und entschuldigte sich, falls er sie bei einem Quartett oder einer Sonate störe, aber Mireille antwortete stets, sie habe gerade gelesen oder sich im Garten zu schaffen gemacht, es sei sehr schön, daß er um diese Zeit anrufe. Als sie sechs Monate später nach London fuhr, um eine kranke Tante zu besuchen, reservierte Javier ihr ein Hotelzimmer, sie trafen sich auf dem Bahnhof und besuchten die Museen, schlenderten durch die King's Road, amüsierten sich bei einem Film von Miloš Forman. Es war wie ein Jahr zuvor, in einem kleinen Restaurant in Whitechapel fanden sich ihre Hände in einem Vertrauen, das die Erinnerung auslöschte, und Javier fühlte sich wohler und sagte es ihr, sagte ihr, daß er sie mehr denn je begehre, aber er wolle nicht wieder davon sprechen, alles hänge von ihr ab, von dem Tag, da sie sich entschlösse, erneut die erste Stufe der ersten Nacht zu betreten, und einfach die Arme nach ihm ausstreckte. Sie stimmte ihm zu, ohne ihn anzusehen, ohne ja noch nein zu sagen, fand es nur widersinnig, daß er die Verträge, die man ihm in Genf anbot, weiterhin ablehnte. Javier begleitete sie zum Hotel, und Mireille verabschiedete sich in der Empfangshalle, bat ihn nicht, mit heraufzukommen, aber lächelte ihn an, als sie ihn sanft auf die Wange küßte und ein Bis bald flüsterte.

Wir wissen sehr viel, wissen, daß die Arithmetik nicht stimmt, daß eins und eins nicht immer eins ergibt, sondern zwei oder gar nichts, wir haben Zeit genug, um im Album der Leere, der geschlossenen Fenster, der Briefe ohne Stimme und Duft zu blättern. Das tägliche Büro, Eileen überzeugt, daß sie Glück spende, die Wochen, die Monate. Im Sommer noch einmal Genf, der erste Spaziergang am Seeufer, ein Konzert mit Isaac Stern. In London blieb jetzt der kleine Schatten von Mary Helen, die Javier auf einer Cocktailparty kennengelernt und die ihm drei Wochen unbekümmerter Spiele geschenkt hatte, das Vergnügen um des Vergnügens willen, wo sonst alles die freundliche Leere des Tages gewesen war, währenddessen Mary Helen unentwegt zum Tennisspielen und zu den Rolling Stones ging, ein Abschied ohne Melancholie nach einem letzten Weekend, das sie als solches genossen hatten, als einen Abschied ohne Melancholie. Er erzählte es Mireille, und ohne sie danach fragen zu müssen, wußte er, daß sie nicht, daß es bei ihr nicht so gewesen war, immer nur das Büro und die Freundinnen, die Hütte und die Schallplatten. Er war Mireille wortlos dankbar, daß sie ihm mit ihrem ernsten, aufmerksamen, verständnisvollen Schweigen zuhörte und ihre Hand in der seinen ließ, während sie zusahen, wie es über dem See Nacht wurde, und beschlossen, wo sie zu Abend essen wollten.

Dann die Arbeit, eine Woche sporadischer Begegnungen, abends im rumänischen Restaurant, Innigkeit. Nie sprachen sie über das, was erneut da war, in dieser Art, den Wein einzuschenken oder sich am Ende eines Gesprächs lange anzusehen. Javier hielt Wort und wartete auf eine Stunde, auf die er nicht warten zu dürfen glaubte. Aber da war die Innigkeit, bei soviel anderem war da etwas, die Art, wie Mireille den Kopf senkte und sich mit der Hand über die Augen fuhr, diese Selbstverständlichkeit, mit der sie ihm sagte, sie werde ihn ins Hotel bringen. Im Auto küßten sie sich wieder, wie in jener Nacht in der Hütte, er schmiegte sich an sie und fühlte, wie sich unter seiner Hand, die liebkosend ihre Beine hinauffuhr, ihre Schenkel öffneten. Als sie das Zimmer betraten, konnte Javier es nicht mehr erwarten und umarmte sie, berauschte sich an ihrem Mund und ihrem Haar und führte sie Schritt für Schritt zum Bett. Er hörte, wie sie ein ersticktes Nein flüsterte, ihn bat, einen Augenblick zu warten, spürte, wie sie sich von ihm losmachte, die Tür zum Bad suchte, sie hinter sich schloß, und dann wieviel Zeit, Stille, Wasserrauschen, wieviel Zeit, er riß die Überdecke weg und ließ nur die Lampe in der Ecke brennen, zog sich Schuhe und Hemd aus und schwankte, ob er sich ganz entkleiden oder noch warten sollte, denn sein Bademantel hing im Bad, und wenn er das Licht anließe und wenn Mireille beim Zurückkommen ihn völlig nackt und mit seiner Erektion dastehen sähe, was grotesk wäre, oder, was noch grotesker wäre, wenn er ihr den Rücken kehrte, damit sie ihn nicht so sähe, wie sie ihn eigentlich sehen sollte, nun da sie hereinkam, in ein Badetuch gehüllt, und mit gesenktem Blick zum Bett ging, und er noch die Hosen anhatte, die er sich jetzt ausziehen mußte, und auch den Slip, und dann, ja dann umarmte er sie, riß ihr das Badetuch herunter und legte sie aufs Bett und sah sie golden und braun und küßte sie wieder, bis an die tiefste Stelle, und streichelte sie mit Fingern, die ihr womöglich weh taten, denn sie stöhnte, wandte sich ab, rückte bis zum äußersten Rand des Bettes und blinzelte ins Licht, bat ihn wieder, es auszumachen, aber er wollte ihr die Dunkelheit nicht geben, nichts würde er ihr geben, sein plötzlich erschlafftes Glied suchte einen Zugang, den sie ihm bot, der aber nicht passiert werden sollte, erbittert versuchten seine Hände, sie und sich selbst aufzureizen, eine Mechanik von Handlungen und Worten, der sich Mireille immer mehr verweigerte, steif und kühl, begreifend, daß auch jetzt nicht, daß für sie nie, daß die Innigkeit und dies hier unvereinbar geworden waren, daß ihre Einwilligung und sein Verlangen nur dahin geführt hatten, daß sie erneut verlassen neben einem Körper lag, der aufhörte zu kämpfen, der sich an sie preßte und sich nicht mehr bewegte, der nicht einmal versuchte, von neuem zu beginnen.

Wahrscheinlich haben wir geschlafen, wir waren uns zu fern, fühlten uns allein und schmutzig, alles hatte sich wiederholt wie in einem Spiegel, nur daß nun Mireille es war, die sich anzog, um zu gehen, und er sie zum Auto begleitete, er merkte, daß sie ihn nicht ansah, als sie sich verabschiedete, spürte einen leichten Kuß auf der Wange, das Auto brauste in der Stille der tiefen Nacht davon, er ging ins Hotel zurück und konnte nicht einmal weinen, konnte sich nicht einmal umbringen, da waren nur das Sofa und der Alkohol und das Ticktack der Nacht und der Morgendämmerung, um neun das Büro, die Postkarte von Eileen und das Telefon, das wartete, diese Nummer des Hausapparats, die er irgendwann wählen müßte, denn irgendwann müßte er ihr etwas sagen. Aber ja, mach dir keine Sorgen, gut, um sieben im Café.

Aber ihm das zu sagen, ihm zu sagen, mach dir keine Sorgen, um sieben im Café, war erst nach jener endlosen Fahrt zu ihrer Hütte möglich, nachdem sie sich in ein eisiges Bett gelegt und ein unnützes Schlafmittel genommen hatte; jede der Szenen, die unaufhaltsam ins Nichts führten, hatte sie wieder vor sich gesehen, angeekelt durchlebte sie wieder den Augenblick, da sie im Restaurant aufgestanden waren und sie ihm gesagt hatte, sie werde ihn ins Hotel begleiten, die eiligen Verrichtungen im Bad, das Badetuch, um sich die Blößen zu bedecken, die warme Kraft der Arme, die sie zum Bett führten und hinlegten, der große Schatten, der sich keuchend über sie beugte, die Liebkosungen und dieses Gefühl von etwas Hartem und Heftigem auf ihrem Bauch, zwischen ihren Schenkeln, ihr sinnloses Protestieren wegen des Lichts und plötzlich die Schwäche, die umherirrenden Hände, die Stimme, die leise um Geduld flehte, das vergebliche Warten, die Benommenheit, alles noch einmal, doch wozu all das, wozu die Zärtlichkeit, wozu die Einwilligung, wozu das Hotel, und das wirkungslose Schlafmittel, das Büro um neun, die außerordentliche Ratssitzung, bei der man unmöglich fehlen durfte, alles unmöglich, außer das Unmögliche.

Nie werden wir uns darüber ausgesprochen haben, die Imagination bringt uns heute so vage zusammen wie damals die Wirklichkeit. Nie werden wir gemeinsam die Schuld oder die Verantwortung oder den vielleicht nicht unvorstellbaren Neubeginn suchen. Javier hat nur das Gefühl, man habe ihn bestraft, aber was heißt Strafe, wenn man liebt und begehrt, was für ein grotesker Atavismus tritt da zutage, wo er auf Glück gehofft hatte, warum vorher und nachher diese Gegenwart namens Eileen oder Mary Helen oder Doris, in der eine Vergangenheit namens Mireille ihm bis ans Ende ihr Messer des Schweigens und der Verachtung ins Herz stoßen wird. Nur des Schweigens, auch wenn er, sooft er angewidert daran zurückdenkt, meint, es sei Verachtung, aber Verachtung ist nicht in Mireille, Schweigen ja, und Traurigkeit, sich sagen, daß sie oder er, aber auch sie und er, sich sagen, daß nicht jeder Mann in der Stunde der Liebe sich als Mann beweist und nicht jede Frau es versteht, in ihm den Mann zu finden. Bleiben als letztes Mittel die Versuche der Begütigung, Javiers Einladung, gemeinsam eine Reise zu machen, zwei Wochen in irgendeinem abgelegenen Ort zu verbringen, um den Zauber zu brechen, die Formel abzuwandeln, endlich sich anders begegnen, ohne Badetuch, ohne Warten, ohne irgendwelche Vorbereitungen. Mireille sagte ja, später, er solle sie von London aus anrufen, vielleicht könne sie zwei Wochen Urlaub nehmen. Sie verabschiedeten sich auf dem Bahnhof, sie fuhr mit dem Zug zu ihrer Hütte zurück, weil ihr Auto in Reparatur war. Javier konnte sie nicht mehr auf den Mund küssen, aber er drückte sie an sich, bat sie noch einmal, mit ihm zu verreisen, blickte sie an, bis es schmerzte, bis sie die Augen senkte und noch einmal sagte, ja, alles werde wieder gut werden, er solle ruhig nach London fahren, es werde alles schon wieder gut. So spricht man zu Kindern, bevor man mit ihnen zum Arzt geht oder ihnen weh tun muß, Mireille auf ihrer Seite der Medaille würde nichts mehr erwarten, an nichts mehr glauben, sie würde einfach in ihre Hütte und zu ihren Schallplatten zurückkehren, nicht einmal auf eine andere Möglichkeit sinnen, um zu dem Ziel zu gelangen, das sie nicht erreicht hatten. Als er sie aus London anrief und ihr die dalmatinische Küste vorschlug, ihr Daten nannte und Angaben machte mit einer Ausführlichkeit, die seine Angst vor einer Ablehnung kaum verbarg, antwortete Mireille, sie werde ihm schreiben. Von seiner Seite der Medaille aus konnte Javier nur sagen, ja, er warte, als wüßte er irgendwie schon, daß der Brief eine kurze und höfliche Absage sein würde, zwecklos, eine verkorkste Geschichte von neuem zu beginnen, besser nur Freunde sein; ganze acht Zeilen, herzlichst Mireille. Ein jeder auf seiner Seite, unfähig, die beiden Seiten der Medaille auf eine Seite zu bringen, schrieb Javier einen Brief, daß er den einzigen Weg habe zeigen wollen, der ihnen gemeinsam zu gehen blieb, den einzigen, der von den anderen, von Sitte und Anstand nicht schon vorgezeichnet war, der nicht notwendig über eine Treppe oder einen Aufzug führt, um in einem Schlafzimmer oder in einem Hotel zu münden, der nicht von ihm verlangt, daß er sich im selben Moment wie sie auszieht;

aber sein Brief war nur ein Tränentuch, er konnte ihn nicht einmal beenden, mitten im Satz brach er ab, unterschrieb und begrub ihn in einem Umschlag, ohne ihn nochmal durchzulesen. Von Mireille kam keine Antwort, die Angebote vom CERN lehnte er höflich ab, die Medaille steht zwischen uns, wir leben fern voneinander und werden uns nie wieder schreiben, Mireille lebt in ihrer Hütte am Stadtrand, Javier reist durch die Welt und kehrt mit der Beharrlichkeit einer Fliege, die sich hundertmal auf denselben Arm setzt, in seine Wohnung zurück. Eines Abends hat Mireille bei einem bestimmten Quartett von Brahms geweint, aber Javier kann nicht weinen, er hat nur Alpträume, von denen er sich dadurch befreit, daß er Texte schreibt, die versuchen, wie die Alpträume zu sein, wo niemand seinen wahren Namen hat, aber vielleicht seine Wahrheit, wo es keine Medaillen mit Vorderseite und Rückseite gibt und keine geheiligten Stufen, die man hinaufsteigen muß; aber natürlich, es sind nur Texte.

Einer, der hier herumstreicht

Für Esperanza Machado, kubanische Pianistin

Kaum war es dunkel geworden, brachten sie Jiménez an Land, alle Risiken auf sich nehmend, daß sich die kleine Bucht so nahe dem Hafen befand. Natürlich benutzten sie das Boot mit dem Elektromotor, so konnten sie geräuschlos und blitzschnell über das Wasser gleiten und wieder in der Ferne verschwinden, während Jiménez einen Augenblick lang im Gebüsch blieb und wartete, daß sich seine Augen an die Umgebung gewöhnten, daß sich die Sinne wieder auf die warme Luft, die Geräusche landeinwärts einstellten. Zwei Tage zuvor war es der Gestank des heißen Asphalts und der Frittenbuden der Stadt gewesen, das Desinfektionsmittel, das man ungeniert in der Halle des *Atlantic* versprühte, die geradezu rührenden Pflästerchen des *Bourbon*, mit denen sie alle die Sehnsucht nach dem Rum zu heilen suchten; jetzt aber, obgleich zuhöchst angespannt, überaus vorsichtig, kaum zu denken wagend, umwehte ihn der Duft des Ostens, vernahm er den einsamen, unverwechselbaren Ruf des Nachtvogels, der ihn vielleicht willkommen hieß, jedenfalls besser, ihn so verstehen, ihn als flehentliche Bitte verstehen.

Zuerst hatte York es für reinen Wahnsinn gehalten, daß Jiménez so nah bei Santiago an Land gehen wollte, das verstieß gegen alle Prinzipien; doch gerade deshalb, und weil Jiménez die Gegend kannte wie kein anderer, nahm York das Risiko auf sich und arrangierte das mit dem Elektromotor. Das Problem war, sich nicht die Schuhe schmutzig zu machen und bei seiner Ankunft im Motel den Anschein zu erwecken, ein Tourist aus der Provinz zu sein, der eine Urlaubsreise macht; sobald er dort wäre, würde Alfonso es übernehmen, ihn einzuweisen, der Rest war eine Sache von wenigen Stunden, die Plastikbombe an den vereinbarten Ort schaffen und zurück zur Küste, wo das Boot und Alfonso warten würden; der Fernzünder war an Bord, und wäre man erst draußen auf dem Meer, würden die Detonation und die ersten aus der Fabrik aufschießenden Flammen sie mit allen Ehren verabschieden. Zunächst aber mußte er zum Motel hinaufsteigen, er wählte den alten Pfad, den keiner mehr ging, seitdem man weiter nördlich die neue Straße gebaut hatte, und vor dem letzten Stück ruhte er sich etwas aus, damit niemandem das Gewicht des Koffers auffalle, wenn er mit Alfonso zusammenträfe und der ihm mit freundschaftlicher Geste den Koffer abnähme, um dem dienstbeflissenen Boy zuvorzukommen, und Jiménez zu einem günstig gelegenen Zimmer des Motels führen würde. Das war der heikelste Moment des ganzen Unternehmens, aber das Zimmer war nur vom Garten des Motels her zugänglich; mit etwas Glück und mit Alfonso konnte alles gutgehen.

Natürlich war niemand auf dem durch Nichtbenutzung völlig überwucherten Pfad, da waren nur der Duft des Ostens und die Klage des Vogels, die Jiménez einen Augenblick irritierte, so als bräuchte er einen Vorwand, um sich abzureagieren, um sich, wenn auch widerstrebend, damit abzufinden, daß er wehrlos war, keine Pistole in der Tasche, denn in dem Punkt war York unerbittlich gewesen, die Mission wurde erfüllt oder sie scheiterte, in beiden Fällen war eine Pistole unnötig, sie konnte sogar alles zunichte machen. York hatte seine eigene Meinung über den Charakter der Kubaner, und Jiménez kannte diese seine Meinung und verfluchte ihn deswegen von ganzem Herzen, während er den Pfad weiter hinaufstieg und ihm die Lichter der wenigen Häuser und des Motels zwischen den letzten Büschen wie gelbe Augen vorkamen. Aber was sollte das Fluchen, alles verlief »according to schedule«, wie der Mistkerl von York gesagt hätte, und Alfonso im Garten des Motels stößt einen Freudenschrei aus, aber was ist, wo hast du denn den Wagen gelassen, Junge, und die beiden Angestellten sehen und hören zu, seit einer Viertelstunde warte ich auf dich, ja, aber wir haben uns verspätet, und mit dem Wagen ist eine Genossin weitergefahren, die ihre Eltern besuchen will, sie hat mich dort an der Kurve abgesetzt, sieh einer an, noch immer Kavalier, laß das Frotzeln, Alfonso, es ist einfach schön, den kleinen Weg hierher zu Fuß zu gehen, der Koffer wechselt mit vollendeter Leichtigkeit die Hand, die Muskeln gespannt, aber die Bewegung federleicht, ein Nichts, holen wir erst mal deinen Zimmerschlüssel, danach werden wir uns einen Drink genehmigen, wie geht's der Choli und den Kindern, waren ziemlich traurig, mein Lieber, wollten mitkommen, aber du weißt ja, die Schule und die Arbeit, diesmal war's nicht zu machen, Pech.

Kurz duschen, prüfen, ob die Tür auch gut schließt, der geöffnete Koffer auf dem zweiten Bett und das grüne Paket in die Kommodenschublade zwischen die Hemden und Zeitungen. An der Theke hatte Alfonso bereits extra dry mit viel Eis bestellt, sie rauchten und sprachen über Camagüey und den letzten Kampf von Stevenson, die Klaviermusik hörte man wie von fern, obgleich die Pianistin ganz in der Nähe, am Ende der Theke saß, sie spielte sehr sanft eine Habanera und etwas von Chopin, ging dann über zu einem kubanischen Tanz und einer alten Filmballade, die in der guten alten Zeit Irene Dunne gesungen hatte. Sie bestellten noch einen Rum, und Alfonso sagte, er werde morgen früh wiederkommen, um ihn zu einer Rundfahrt abzuholen und ihm die neuen Viertel zu zeigen, es gab viel zu sehen in Santiago, man arbeitete hart, um das Plansoll zu erfüllen und sogar überzuerfüllen, die Minibrigaden waren eine Wucht, Almeida würde kommen, um zwei Fabriken einzuweihen, und irgendwann käme sicher auch Fidel, die Genossen legten sich ins Zeug, daß es eine Wonne war.

»Die Leute in Santiago sind keine Schlafmützen«, sagte der Barkeeper, und sie stimmten ihm lachend zu, es waren nur noch wenige Leute im Speisesaal, und man hatte Jiménez bereits einen Tisch vor einem Fenster angewiesen. Alfonso verabschiedete sich, nachdem er noch einmal die Verabredung für den nächsten Morgen erwähnt hatte; Jiménez streckte die Beine weit von sich und begann die Speisekarte zu studieren. Eine Mattigkeit, die nicht nur körperlich war, zwang ihn, jede seiner Bewegungen zu überwachen. Alles hier war behaglich, freundlich, sanft und Chopin, der jetzt mit diesem Prélude wiederkam, das die Pianistin ganz langsam spielte, aber Jiménez spürte die Bedrohung, etwas, das auf der Lauer lag, die kleinste Unbedachtsamkeit, und diese lächelnden Gesichter würden sich in Masken des Hasses verwandeln. Er kannte diese Gefühle und wußte sie zu kontrollieren; er bestellte einen Longdrink, um sich die Zeit zu vertreiben, und ließ sich bei den Speisen beraten, an diesem Abend besser Fisch als Fleisch. Der Speisesaal war fast leer, an der Theke ein Pärchen und weiter hinten ein Mann, der Ausländer zu sein schien und sein Glas trank, ohne es anzusehen, seine Augen ruhten auf der Pianistin, die das Thema von Irene Dunne wiederholte, und nun erkannte Jiménez es, *Smoke gets in your eyes*, ja, das war das Havanna von einst, dann wieder Chopin, eine der Etüden, die auch Jiménez als Junge gespielt hatte, als er, noch vor der großen Panik, Klavierspielen lernte, ein Lento, sehr melancholisch, das ihn an den Salon im Elternhaus erinnerte, an die tote Großmutter und, fast widerwillig, an das Bild seines Bruders, der trotz des väterlichen Donnerwetters geblieben war, Robertico, dieser Dummkopf, der in Girón sein Leben ließ, anstatt für die Rückeroberung der wahren Freiheit zu kämpfen.

Er wunderte sich über sich selbst, daß er mit solchem Appetit aß und genoß, was sein Gaumen nicht vergessen hatte, ironisch gab er zu, daß es das einzig Gute hier war, verglichen mit dem labbrigen Essen da drüben. Er war nicht müde, und die Musik gefiel ihm, die Pianistin war eine noch junge und hübsche Frau, sie spielte wie für sich selbst, ohne auch nur einmal zur Theke hinzusehen, wo der Mann mit dem fremdländischen Habitus immer noch das Spiel ihrer Finger verfolgte, noch einen Rum trank und sich eine neue Zigarette anzündete. Nach dem Kaffee fand Jiménez, daß es langweilig sein würde, im Zimmer auf die Stunde zu warten, und er ging zur Theke, um noch einen Drink zu nehmen. Der Barkeeper hatte Lust zu plaudern, aber er nahm Rücksicht auf die Pianistin und flüsterte fast, als wäre ihm bewußt, daß der Ausländer und Jiménez diese Musik gern hatten, jetzt war es einer der Walzer, die schlichte Melodie, in die Chopin so etwas wie einen Nieselregen hineingebracht hatte, wie Puder oder getrocknete Blumen in einem Album. Um den Fremden kümmerte sich der Barkeeper nicht, vielleicht weil er schlecht Spanisch sprach oder ein verschlossener Mensch war, schon wurde im Speisesaal das Licht ausgemacht, es war Zeit, schlafen zu gehen, aber die

Pianistin spielte noch eine kubanische Melodie, die Jiménez hinter sich ließ, indem er sich noch eine Zigarette anzündete und mit einem Gute Nacht in die Runde zur Tür ging, dem entgegensehend, was weiter weg auf ihn wartete, Punkt vier, auf seiner Uhr wie auf der des Boots.

Bevor er auf sein Zimmer ging, gewöhnte er seine Augen an das Halbdunkel im Garten, um sich dessen zu vergewissern, was Alfonso ihm erklärt hatte, in etwa hundert Meter die Schneise durch den Wald, die Abzweigung zur neuen Landstraße, sie vorsichtig überqueren und in Richtung Westen weitergehen. Vom Motel aus sah er lediglich den dunklen Streifen, wo die Schneise begann, aber es war gut, die Lichter dort hinten zu orten und zwei oder drei zur Linken, um einen Begriff von der Entfernung zu bekommen. Das Fabrikgelände begann siebenhundert Meter weiter westlich, neben dem dritten Zementmast würde er das Loch im Drahtverhau finden. Im allgemeinen sollten sich die Wachtposten selten an diesem Ende aufhalten, zwar machten sie jede Viertelstunde ihre Runde, doch danach plauderten sie lieber am anderen Ende miteinander, wo es Licht und Kaffee gab; jedenfalls war es nun egal, wenn er sich die Kleidung schmutzig machte, er müßte durchs Gebüsch bis zu der Stelle kriechen, die Alfonso ihm genau beschrieben hatte. Der Rückzug würde einfach sein ohne das grüne Paket, ohne all diese Gesichter, die ihn bis jetzt umgeben hatten.

Er streckte sich fast sofort auf dem Bett aus und löschte das Licht, um in Ruhe zu rauchen; er wollte sogar etwas schlafen, um den Körper zu entspannen, er war daran gewöhnt, rechtzeitig aufzuwachen. Vorher jedoch vergewisserte er sich noch einmal, daß die Tür von innen gut schloß und daß seine Sachen noch genauso dalagen, wie er sie verstaut hatte. Leise summte er den kleinen Walzer, den er noch im Ohr hatte und der ihm Vergangenheit und Gegenwart vermischte, er zwang sich, die Melodie loszuwerden, sie durch *Smoke gets in your eyes* zu ersetzen, doch der kleine Walzer kam wieder, oder das Prélude, er schlief ein, ohne daß sie ihm aus dem Sinn gingen, er sah noch die so weißen Hände der Pianistin, ihren Kopf, den sie neigte wie eine aufmerksame Zuhörerin ihrer selbst. Wieder rief der Nachtvogel in einem Gebüsch oder im Palmenwald im Norden.

Etwas weckte ihn, etwas, das dunkler war als das Dunkel des Zimmers, dunkler und lastender, irgendwo am Fußende des Bettes. Er hatte gerade von Phyllis und dem Pop-Festival geträumt, von Lichtern und Klängen, die so intensiv waren, daß ihm beim Öffnen der Augen war, als fiele er in einen leeren, grenzenlosen Raum, einen Brunnen voller Nichts, und zugleich sagte ihm sein Magen, daß dem nicht so war, daß etwas davon anders war, von anderer Konsistenz und Schwärze. Eine jähe Handbewegung zum Lichtschalter; der Fremde von der Theke saß am Fußende des Bettes und sah ihn ruhig an, so als hätte er bis jetzt über seinen Schlaf gewacht.

Etwas tun, einen Gedanken fassen war gleichermaßen unmöglich. Reines Entsetzen, endlose Stille, vielleicht auch nur einen Augenblick lang, die starre Brücke des Blicks. Die Pistole, der erste unnütze Gedanke; hätte er doch wenigstens eine Pistole. Ein Keuchen brachte die Zeit zurück, Zurückweisung der letzten Möglichkeit, daß das noch der Traum war, in dem Phyllis, in dem die Musik und die Lichter und die Drinks.

»Ja, so ist's«, sagte der Fremde, und Jiménez spürte geradezu auf der Haut den rauhen Akzent, der Beweis, daß er nicht von hier war, etwas in der Haltung des Kopfes und der Schultern hatte es ihm schon verraten, als er ihn das erste Mal an der Theke sah.

Sich zentimeterweise aufrichten, versuchen, wenigstens auf gleiche Höhe mit ihm zu kommen, in dieser seiner Lage war er dem anderen gegenüber völlig im Nachteil, die einzige Möglichkeit war die Überrumpelung, doch auch das war völlig aussichtslos, er war von vornherein besiegt; die Muskeln würden ihm nichts nützen, für den Sprung der Verzweiflung fehlte ihm der feste Boden unter den Füßen, und der andere wußte das, er saß ruhig, geradezu lässig am Fußende. Als Jiménez sah, daß er eine Zigarette hervorzog und mit der anderen Hand ganz sorglos in der Hosentasche nach den Streichhölzern suchte, war ihm klar, daß er nur Zeit verlieren würde, wenn er sich auf ihn stürzte; es lag zuviel Geringschätzung in seiner Art, ihn zu ignorieren, sich nicht vorzusehen. Noch mißlicher waren seine eigenen Vorsichtsmaßnahmen, die Tür war abgeschlossen, der Riegel vorgeschoben.

»Wer bist du?« hörte er sich unsinnigerweise fragen, noch ganz befangen, in dem, was weder der Traum noch der Wachzustand sein konnte.

»Völlig unwichtig«, sagte der Fremde.

»Aber Alfonso ...«

Er fühlte sich angesehen von etwas, das gleichsam seine eigene Zeit hatte. Eine leere Ferne. Die Flamme des Streichholzes spiegelte sich wider in geweiteten, nußbraunen Pupillen. Der Fremde blies das Streichholz aus und betrachtete einen Augenblick lang seine Hände.

»Armer Alfonso«, sagte er. »Armer, armer Alfonso.«

Es lag kein Mitleid in seinen Worten, war eher eine gleichgültige Feststellung.

»Aber wer zum Teufel bist du?« schrie Jiménez, sich bewußt, daß das Hysterie war, daß er die letzte Kontrolle verloren.

»Oh, einer, der hier herumstreicht«, sagte der Fremde. »Ich komme immer, wenn man meine Musik spielt, vor allem hier, verstehst du? Ich höre sie gern, wenn man sie hier spielt, auf diesen armseligen Klavieren. Zu meiner Zeit war es anders, ich konnte sie immer nur fern meiner Heimat hören. Deshalb komme ich gern her, es ist wie eine Versöhnung, ein Akt der Gerechtigkeit.«

Die Zähne zusammenbeißend, um so das Zittern, das ihn von oben bis unten befiel, zu unterdrücken, sagte sich Jiménez schließlich, daß es das einzig Vernünftige wäre, zu beschließen, daß der Mann verrückt ist. Es war jetzt egal, wie er hereingekommen war, wieso er wußte, denn sicher wußte er von der Sache, aber er war verrückt, und das war Jiménez' einziger Vorteil. Nun Zeit gewinnen, sich der Laune des anderen fügen, ihn nach dem Klavier fragen, nach der Musik.

»Sie spielt gut«, sagte der Fremde, »freilich nur das, was du gehört hast, die leichten Sachen. Heute abend hätte ich gern gehabt, daß sie dieses Stück spielte, das man ›Revolutionsetüde‹ nennt, wirklich, die hätte ich sehr gern gehört. Aber sie kann nicht, die Arme, sie hat nicht die Finger dazu. Dazu braucht man Finger wie diese.«

Die Hände bis zu den Schultern erhoben, zeigte er Jiménez seine gespreizten, langen und gespannten Finger. Jiménez konnte sie eine Sekunde lang sehen, bevor er sie an der Gurgel spürte.

Cuba, 1976

Der Abend mit Mantequilla

Auf diese Idee konnte nur Peralta verfallen, nie hat er einem seine besonderen Gründe genannt, diesmal jedoch war er etwas offener und sagte, es sei wie die Geschichte mit dem gestohlenen Brief, Estévez verstand zuerst nicht, sah ihn an und wartete auf mehr; Peralta machte eine wegwerfende Handbewegung und reichte ihm die Eintrittskarte für den Boxkampf, Estévez sah eine große 3, rot auf gelb, und darunter die Zahl 235; doch zuerst, und wie sollte man das bei dieser Schrift übersehen, hatte er gelesen MONZON-NAPOLES. Die andere Eintrittskarte werde man Walter zukommen lassen, sagte Peralta. Du wirst dort sein, bevor die Kämpfe beginnen (nie wiederholte er seine Anweisungen, und Estévez hörte ihm genau zu, um sich alles zu merken), und Walter wird mitten im ersten Vorkampf kommen, er hat den Sitz rechts neben dir. Vorsicht bei den Leuten, die im letzten Moment dreist werden und sich einen besseren Platz suchen, sag ihnen etwas auf spanisch, um sicherzugehen. Er wird so eine Umhängetasche haben wie die Hippies und sie zwischen euch beide stellen, wenn es eine Sitzbank ist, oder aber auf den Boden, sollten es Stühle sein. Sprich mit ihm von nichts anderem als von den Kämpfen, und sieh dich genau um, sicher werden Mexikaner oder Argentinier dasein, hab sie im Auge, wenn du ihm das Paket in die Tasche steckst. Weiß Walter, daß die Tasche offen sein muß? fragte Estévez. Ja, sagte Peralta, als verscheuche er eine Fliege vom Revers, aber warte bis zum Ende, wenn nichts mehr sie ablenkt. Bei Monzón ist es schwer, sich ablenken zu lassen, sagte Estévez. Bei Mantequilla nicht minder, sagte Peralta. Und es wird mir nicht geplaudert, denk daran. Walter wird als erster gehen, du läßt die Leute hinausgehen und verschwindest durch einen anderen Ausgang.

Er mußte an all das denken, es sich ein letztes Mal wiederholen, als er mit der Metro zur Défense fuhr, unter lauter Fahrgästen, denen anzusehen war, daß sie auch zu dem Boxkampf wollten, Männer in Dreier- oder Vierergruppen, Franzosen, denen man die doppelte Tracht Prügel anmerkte, die Monzón ihrem Bouttier verabreicht hatte, und die es nun nach Revanche durch Nápoles dürstete oder die sich seines Sieges insgeheim schon sicher waren. Wirklich eine geniale Idee von Peralta, ihm diesen Auftrag zu geben, der, da er von ihm persönlich kam, recht delikat sein mußte, und ihn gleichzeitig aus nächster Nähe einen Boxkampf sehen zu lassen, der nur für Millionäre gedacht schien. Er hatte die Anspielung auf den gestohlenen Brief jetzt verstanden, wer käme darauf, daß Walter und er sich bei dem Boxkampf treffen könnten, im Grunde ging es gar nicht um ein Treffen, denn das hätte an tausend Ecken von Paris stattfinden können, sondern um die Verantwortung Peraltas, der das Für und Wider einer jeden Sache sorgfältig erwog. Für diejenigen, die Walter oder ihm selbst möglicherweise folgten, kam als Treffpunkt ein Kino oder ein Café oder ein Haus in Betracht, doch diesen Boxkampf zu sehen war für jeden, der genügend Pinke hatte, geradezu eine Pflicht, und wenn sie ihnen dorthin folgten, würden sie vor dem Zirkuszelt, das Alain Delon aufgebaut hatte, mit langer Nase abziehen müssen; niemand würde dort ohne das gelbe Papierchen reinkommen, und die Eintrittskarten waren schon seit einer Woche ausverkauft, das stand in allen Zeitungen. Für Peralta sprach auch, sollte man Walter oder ihm wirklich bis dorthin folgen, daß man sie nicht zusammen sehen würde, weder beim Betreten noch beim Verlassen des Zelts, zwei Fans unter Tausenden, die in Massen aus der Metro und aus den Bussen quollen und sich desto mehr drängten, wie die Wege zu einem zusammenführten und die Stunde der Veranstaltung näher rückte.

Schlau, dieser Alain Delon: Ein Zirkuszelt auf einem unbebauten Gelände, zu dem man über einen Steg und dann einen behelfsmäßig mit Bohlen belegten Weg gelangte. Es hatte die Nacht zuvor geregnet, weshalb die Leute von den Bohlen keinen Fußbreit abwichen, schon am Metroausgang orientierten sie sich an den riesigen Pfeilen, die ihnen den richtigen Weg wiesen, und MONZON-NAPOLES in allen Farben. Schlau, dieser Alain Delon, bringt es fertig, seine eigenen Pfeile auf dem geheiligten Gelände der Metro anzubringen, mochte ihn das auch eine Stange Geld kosten. Estévez gefiel der Typ nicht, diese Großkotzigkeit, die Weltmeisterschaft auf eigene Rechnung zu organisieren, ein Zelt hinzustellen und eine Vorauszahlung von wer weiß wieviel hinzublättern, aber man mußte zugeben, dafür bot er auch etwas, ganz abgesehen von Monzón und Mantequilla, man denke nur an die farbigen Pfeile in der Metro, diese Art, die Masse der Fans wie ein Grandseigneur zu empfangen und ihnen den Weg zu zeigen, andernfalls wäre an den Metroausgängen und auf dem Gelände voller Pfützen ein schönes Durcheinander entstanden.

Estévez kam so zeitig, wie er kommen sollte, das Zelt war erst halb voll, und bevor er seine Eintrittskarte vorzeigte, betrachtete er sich kurz die Polizeiautos und die riesigen, von außen angestrahlten Caravans mit dunklen Vorhängen an den Fenstern; die Wohnwagen waren mit dem Zelt durch bedeckte Gänge verbunden, geradeso wie man in einen Jet gelangt. Darin sind die Boxer, sagte sich Estévez, der brandneue weiße Caravan ist bestimmt der von Carlitos, ganz unverwechselbar. Nápoles wird seinen auf der anderen Seite des Zelts haben, das war wohlüberlegt und zugleich reine Improvisation, viele Zeltplanen und Wohnwagen auf einem unbebauten Gelände. So macht man das große Geld, dachte Estévez, man muß eben nur die Idee und den Mut haben.

Seine Reihe, vom Ring aus gerechnet die fünfte, war eine Bankreihe mit großen Platznummern, hier schien Alain Delons Generosität ein Ende zu haben, denn abgesehen von den Stühlen direkt am Ring, war alles Zirkus, und schlechter Zirkus, harte Bänke, obgleich, das muß man sagen, Platzanweiserinnen in Miniröcken, bei denen einem jeder Protest im Halse steckenblieb. Estévez suchte die 235 auf eigene Faust, obgleich ihm die Mieze lächelnd die Nummer zeigte, als ob er nicht lesen könnte, und er setzte sich und blätterte in der Zeitung, die ihm später als Sitzkissen dienen würde. Walter würde rechts neben ihm sitzen, deshalb hatte Estévez das Päckchen mit dem Zaster und den Papieren in der linken Jackentasche; wenn der Augenblick gekommen wäre, könnte er es mit der rechten Hand herausziehen und über seine Knie hinweg in die offene Tasche an seiner Seite gleiten lassen.

Das Warten wurde ihm lang, er hatte Zeit, an Marisa und den Kleinen zu denken, die jetzt ihr Abendessen hinter sich haben würden, der Kleine halb eingeschlafen und Marisa vor dem Fernseher. Vielleicht übertrugen sie den Boxkampf, und Marisa würde ihn sehen, er aber würde ihr nicht sagen, daß er dort gewesen war, wenigstens nicht jetzt, das konnte er nicht, vielleicht später einmal, wenn über die Sache Gras gewachsen war. Er schlug gelangweilt die Zeitung auf (es war irgendwie komisch, daß er Marisa, falls sie den Kampf sähe, nichts davon sagen könnte, wo es ihn doch kribbeln würde, von dem Kampf zu erzählen, zumal wenn sie über Monzón und Nápoles ihre Bemerkungen machte), zwischen den Nachrichten aus Vietnam und der Skandalchronik füllte sich das Zelt langsam, hinter ihm diskutierte eine Gruppe Franzosen die Chancen von Nápoles, zu seiner Linken hatte sich gerade ein feiner Pinkel niedergelassen, der zuerst lange und ziemlich entsetzt den Sitz betrachtet hatte, auf dem seine schnieke blaue Hose sich erniedrigen sollte. Weiter vorn Pärchen und Gruppen von Freunden, unter ihnen drei, die einen Akzent sprachen, der mexikanisch sein mochte; Estévez war in Akzenten nicht sehr bewandert, doch es mußten etliche Fans von Mantequilla dasein an diesem Abend, wo der Herausforderer nach nicht weniger als der Krone von Monzón trachtete. Abgesehen von Walters Sitz gab es auch sonst noch einige Lücken, aber die Leute strömten weiter durch die Zelteingänge, und die Mädchen taten ihr Bestes, um jedem seinen Platz anzuweisen. Estévez fand die Ringbeleuchtung zu grell und die Musik zu pop, aber jetzt, wo der erste Vorkampf begann, verlor das Publikum keine Zeit mit Kritik und verfolgte eifrig einen schlechten Kampf, bei dem die Boxer blind aufeinander einschlugen und ständig clinchten; in dem Augenblick, da Walter sich neben ihn setzte, kam Estévez zu dem Schluß, daß das kein echtes Boxkampf-Publikum war, wenigstens nicht um ihn herum; sie schluckten das Ganze aus Snobismus, bloß um Monzón oder Nápoles zu sehen.

»Pardon«, sagte Walter, als er sich zwischen Estévez und einer dicken Frau zurechtsetzte, die den Kampf verfolgte und sich dabei an ihren ebenso dicken Mann klammerte, der eine sachverständige Miene machte.

»Machen Sie es sich bequem«, sagte Estévez. »Ist zwar nicht ganz leicht, denn diese Franzosen rechnen immer nur mit Dünnen.«

Walter lachte, und Estévez rückte ganz vorsichtig etwas nach links, um den mit der blauen Hose nicht zu indignieren; nun war genug Platz, so daß Walter seine blaue Leinentasche von den Knien nehmen und neben sich auf die Bank stellen konnte. Sie waren schon beim zweiten Vorkampf, der genauso schlecht war, die Leute hatten ihren Spaß vor allem an dem, was außerhalb des Rings geschah, da kam eine ganze Gruppe Mexikaner mit riesigen Sombreros, sonst aber gekleidet, wie es sich für sie gehörte, betuchte Macker, die es sich leisten konnten, ein Flugzeug zu chartern und von Mexiko herüberzufliegen, um Mantequilla anzufeuern, kleine, gedrungene Typen mit ausladenden Ärschen und Gesichtern à la Pancho Villa, fast zu typisch, und die ihre Sombreros in die Luft warfen, als wäre Nápoles bereits im Ring, und lauthals diskutierten, bevor sie es sich auf den Ringplätzen bequem machten. Alain Delon mußte all das vorhergesehen haben, denn die Lautsprecher plärrten sofort eine Art von Corrido, was die Mexikaner jedoch nicht besonders anzuerkennen schienen. Estévez und Walter sahen sich ironisch lächelnd an, und in dem Augenblick kam durch den entferntesten Eingang eine ganze Prozession von Leuten, angeführt von fünf oder sechs Frauen, breiter als groß, in weißen Pullovern und mit Rufen »Argentina, Argentina«, während die hinter ihnen eine riesige Nationalflagge schwenkten und die Gruppe sich wider Platzanweiserinnen und alle Sitzordnung einen Weg bahnte, entschlossen, bis zum Ring vorzudringen, wo bestimmt nicht ihre Plätze waren. Mit großem Geschrei bildeten sie schließlich eine Schlange, die von den Platzanweiserinnen mit Hilfe einiger lächelnder Gorillas und mit vielen Erklärungen zu zwei halbleeren Sitzreihen geführt wurde, und Estévez sah, daß auf dem Rücken der weißen Pullover dieser Frauen ein schwarzes MONZON prangte. All das zum großen Amüsement eines Publikums, dem die Nationalität der Boxer ziemlich egal war, da es ja keine Franzosen waren, und der dritte Kampf nun war hart und ausgeglichen, obgleich Alain Delon für solch kleine Fische nicht viel aufgewandt zu haben schien; derweil würden die beiden Haie in ihren Caravans bereits kampfbereit sein, und das war das einzige, was die Leute interessierte.

Augenblicklich änderte sich die Luft, etwas kribbelte Estévez in der Kehle; aus den Lautsprechern kam ein Tango, von einem Orchester gespielt, das durchaus das von Pugliese sein konnte. Erst da sah Walter ihn voll und mit Sympathie an, und Estévez fragte sich, ob er vielleicht ein Landsmann war. Sie hatten kaum ein Wort gewechselt, abgesehen von einer gelegentlichen Bemerkung über das, was im Ring geschah, vielleicht Uruguayer oder Chilene, aber keine Fragen, Peralta hatte das in aller Deutlichkeit gesagt, Leute, die sich beim Boxkampf treffen und die zufällig beide spanisch sprechen, das ist alles.

»Endlich, es ist soweit«, sagte Estévez. Alle sprangen auf, trotz der Proteste und Pfiffe, zur Linken ein enthusiastisches Geschrei, unter Ovationen flogen Sombreros durch die Luft, Mantequilla stieg in den Ring, der, wie es schien, plötzlich noch stärker angestrahlt wurde, die Leute blickten jetzt nach rechts, wo nichts geschah, der Applaus wich einem erwartungsvollen Gemurmel, von ihren Plätzen aus konnten Walter und Estévez den Eingang auf der anderen Seite des Rings nicht sehen, fast völlige Stille, und auf einmal, als einziges Anzeichen, ein Geschrei, und plötzlich hinter den Seilen der weiße Frotteemantel, Monzón, der ihnen den Rücken zukehrte, sprach mit seinen Betreuern, Nápoles ging auf ihn zu, eine flüchtige Begrüßung und Blitzlichter, der Ringrichter wartete darauf, daß man das Mikrophon herablasse, nach und nach setzten sich die Leute wieder, ein letzter Sombrero landete weitab, wurde aus Jux und Tollerei in entgegengesetzter Richtung zurückgeworfen, ein saumseliger Bumerang über einem gelangweilten Publikum, weil jetzt die Vorstellungen und Begrüßungen begannen, Georges Carpentier, Nino Benvenuti, ein französischer Meister, Jean-Claude Bouttier, Blitzlichter und müder Beifall, danach leerte sich langsam der Ring, die mexikanische Nationalhymne mit noch mehr Sombreros, und schließlich die argentinische Flagge, die in Erwartung der Hymne entrollt wurde, Estévez und Walter standen nicht auf, obgleich es Estévez schmerzte, aber er durfte sich jetzt nicht stümperhaft verhalten, immerhin konnte er so feststellen, daß es in seiner unmittelbaren Umgebung keine Landsleute von ihm gab, die Gruppe mit der Fahne begann kurz vor dem Ende der Hymne mitzusingen, und das weißblaue Tuch wurde in einer Weise geschwenkt, daß die Gorillas sich genötigt sahen, für alle Fälle schon mal dorthin zu laufen, die Stimme verkündete die Namen und das Gewicht, die Betreuer mußten den Ring verlassen.

»Was hast du für ein Gefühl?« fragte Estévez. Er war nervös, aufgeregt wie ein Kind, jetzt wo die Boxhandschuhe sich zur Begrüßung streiften und Monzón, den sie von vorn sehen konnten, diese Grundstellung einnahm, die keine Deckung zu sein schien, die Arme lang und schlank, eine fast schmächtige Gestalt gegenüber dem kleineren und kräftigeren Mantequilla, der bereits zwei Schläge in die Luft plazierte.

»Die Herausforderer haben mir immer gefallen«, sagte Walter, und ein Franzose hinter ihnen erklärte, daß Monzón seine Statur zustatten kommen werde, abtastende Schläge, Monzón griff an, und Nápoles wich ohne Mühe aus, eine fast zwangsläufig ausgeglichene Runde. So, die Herausforderer gefielen ihm, dann war er kein Argentinier, denn in dem Fall; aber der Akzent, ganz wie ein Uruguayer, er würde Peralta fragen, der ihm darauf bestimmt keine Antwort geben würde. Jedenfalls konnte er noch nicht lange in Frankreich leben, denn der Dicke, den seine Frau umklammert hielt, hatte irgendeine Bemerkung zu ihm gemacht, und Walter antwortete in so unverständlicher Weise, daß der Dicke resignierte und mit jemandem weiter vorn zu sprechen begann. Nápoles' Schläge sind hart, dachte Estévez beunruhigt, zweimal hatte er gesehen, daß Monzón sich zurückzog, und er konterte etwas spät, vielleicht hatte er die Hiebe zu spüren bekommen. Es sah so aus, als wäre es Mantequilla klar, daß seine einzige Chance im Trommelfeuer bestand, Monzón taktisch zu boxen, würde ihm nicht viel nützen, seine erstaunliche Schnelligkeit stieß gleichsam ins Leere, ein Körper, der auswich und sich ihm entzog, während der Champion ein-, zweimal sein Gesicht traf, und der Franzose hinter Walter wiederholte beunruhigt, da sieht man, wie ihm die Arme zustatten kommen, vielleicht war die zweite Runde an Nápoles gegangen, die Leute schwiegen, nur vereinzelte Ausrufe, die schlecht aufgenommen wurden, in der dritten Runde kam Mantequilla voll heraus, wie zu erwarten war, dachte Estévez, jetzt wird man was erleben, Monzón in den Seilen, ein sich biegender Schlaks, ein knallendes Links-Rechts, der blitzartige Clinch, um aus den Seilen zu kommen, ein heftiger Schlagabtausch bis zum Ende der Runde, die Mexikaner stehen auf ihren Sitzen und die hinter ihnen protestieren laut oder springen ihrerseits auf, um besser sehen zu können.

»Ein schöner Kampf, was«, sagte Estévez, »da ist man nicht umsonst gekommen.«

»Hast recht.«

Sie zogen gleichzeitig ihre Zigaretten hervor, tauschten sie lächelnd aus, Walter war mit seinem Feuerzeug schneller, Estévez betrachtete einen Augenblick sein Profil, dann sah er ihn von vorn, kein Gesicht, das man sich lange betrachtet, Walter hatte etwas graues Haar, sah aber sehr jung aus in den Bluejeans und dem braunen Polohemd. Student, Ingenieur? Von da unten weggemacht wie so viele, den Kampf aufgenommen, tote Freunde in Montevideo oder Buenos Aires, womöglich auch in Santiago, er müßte Peralta fragen, obgleich er Walter sicher nicht wiedersehen würde, jeder für sich würde sich einmal daran erinnern, daß sie sich an dem Abend mit Mantequilla getroffen hatten, Mantequilla, der jetzt in der fünften Runde das Letzte aus sich herausholte, vor einem Publikum, das aufgesprungen war und raste, Argentinier und Mexikaner überbrandet von einer riesigen Woge Franzosen, die den Kampf besser sahen als die Kämpfer, die die Reaktionen taxierten, die Beinarbeit, am Ende mußte Estévez zugeben, daß fast alle Kenner waren, kaum einer, der idiotischerweise einen protzigen und wirkungslosen Schlag bejubelte, worüber man versäumte, was in diesem Ring wirklich vor sich ging, wo Monzón angriff und auswich, von einer Schnelligkeit profitierte, die von diesem Augenblick an die Mantequillas weit übertraf, der müde und angeschlagen war und sich wacker verteidigte gegen diesen Schlaks mit den langen Armen, der sich erneut in den Seilen wiegte, um gleich wieder anzugreifen, links und rechts, hart und präzis. Als der Gong ertönte, sah Estévez Walter an, der wieder seine Zigaretten hervorholte.

»Nun, so ist es eben«, sagte Walter und streckte ihm das Päckchen hin. »Wenn man nicht mehr kann, dann kann man nicht mehr.«

Es war schwer, einander bei dem Gejohle zu verstehen, das Publikum wußte, daß die nächste Runde die Entscheidung bringen konnte, Nápoles' Fans feuerten ihn in einer Weise an, als gäben sie ihn auf, dachte Estévez mit einem Gefühl des Mitleids, das nicht mehr im Gegensatz zu seinem Wunsch stand, jetzt wo Monzón den Kampf suchte und ihn fand und zwanzig endlose Sekunden lang Mantequillas Gesicht und Körper traktierte, während der sich in den Clinch flüchtete wie jemand, der mit zugekniffenen Augen ins Wasser springt. Das wird er nicht mehr lange durchstehen, dachte Estévez, mit Mühe löste er seinen Blick vom Ring und besah sich die Leinentasche auf der Bank, er müßte es in der Pause machen, wenn alle sich setzten, in eben dem Augenblick, denn danach würden sie wieder aufstehen und die Tasche wäre allein auf der Bank, zwei linke Gerade hintereinander ins Gesicht von Nápoles, der wieder den Clinch suchte, Monzón geht auf Halbdistanz, um mit einem prachtvollen Haken mitten ins Gesicht zurückzukommen, jetzt die Beine, man mußte vor allem auf die Beinarbeit achten, Estévez, ein Kenner, bemerkte, wie schwerfällig Mantequilla geworden war, er stürzte sich auf den Gegner, ohne sich ihm im geringsten anzupassen, wofür er einst doch berühmt war, während Monzón leichtfüßig zur Seite oder nach hinten auswich, eine perfekte Finte, dank deren diese seine letzte Rechte mit voller Wucht im Magen landete; in dem hysterischen Geschrei hörten viele den Gong nicht, Walter und Estévez sehr wohl, Walter setzte sich als erster, und ohne sie anzusehen, stellte er die Tasche gerade hin, und Estévez, der sich langsamer setzte, ließ im Bruchteil einer Sekunde das Päckchen hineingleiten und sprang mit leerer Hand wieder auf, um vor der Nase des Typs mit der blauen Hose, der nicht recht zu wissen schien, was eigentlich los war, wild gestikulierend seiner Begeisterung Ausdruck zu geben.

»Ein Champion«, sagte Estévez, ohne seine Stimme zu erheben, denn der andere würde ihn bei diesem Gebrüll doch nicht hören. »Carlitos, was für ein Kerl.«

Er sah Walter an, der ganz ruhig war und rauchte, der Mann beginnt zu resignieren, was soll man da tun, wenn man nicht mehr kann, dann kann man nicht mehr. Alle standen und warteten auf den Gong zur siebten Runde, plötzlich eine Stille voller Unglauben, und dann einstimmiges Geschrei, als man das Handtuch auf der Matte sieht, Nápoles immer noch in seiner Ecke, und Monzón schnellt in die Mitte und wirft die Arme hoch, mehr Champion denn je, grüßt in die Runde und geht dann im Trubel der Umarmungen und Blitzlichter unter. Kein schönes Ende, aber es gab da nichts zu sagen, Mantequilla hatte aufgegeben, um nicht Monzóns Punchingball zu werden, alle Hoffnung dahin, jetzt wo er aufstand, auf den Sieger zuging und die Boxhandschuhe zu dessen Gesicht erhob, fast eine Liebkosung, während Monzón ihm die seinen auf die Schultern legte und sie sich wieder trennten, doch nun für immer, dachte Estévez, nie mehr werden sie in einem Ring zusammentreffen.

»War ein schöner Kampf«, sagte er zu Walter, der sich die Tasche über die Schulter hängte und seine Füße bewegte, als hätte er einen Krampf.

»Hätte länger dauern können«, sagte Walter, »sicher haben Nápoles' Betreuer ihn nicht mehr rauskommen lassen.«

»Wozu? Du hast gesehen, wie angeschlagen er war. Er ist wahrlich Boxer genug, um das nicht selbst zu merken.«

»Ja, aber wenn man einer wie er ist, muß man alles riskieren, schließlich weiß man nie.«

»Bei Monzón schon«, sagte Estévez. Er erinnerte sich an Peraltas Ermahnungen und streckte Walter freundschaftlich die Hand hin. »Nun, hat mich sehr gefreut.«

»Mich auch. Auf Wiedersehen.«

»Tschau.«

Er sah ihn nach rechts hinausgehen, hinter dem Dicken her, der laut mit seiner Frau diskutierte, er selbst blieb hinter dem Typ mit der blauen Hose, der sich nicht beeilte; langsam schoben sie sich nach links zwischen den Sitzreihen hindurch. Die Franzosen, die hinter ihnen gesessen hatten, diskutierten über Techniken, und Estévez amüsierte sich, als er sah, wie eine der Frauen ihren Freund oder ihren Mann umarmte, ihm irgendwas ins Ohr schrie und ihn auf den Mund und auf den Hals küßte. Der Mann muß ein Idiot sein, dachte Estévez, merkt nicht, daß sie eigentlich Monzón küßt. Das Päckchen drückte nicht mehr in der Jackentasche, es war, als könnte er freier atmen, sich für das interessieren, was um ihn her geschah, das Mädchen, das sich an den Typ preßte, die Mexikaner mit ihren Sombreros, die plötzlich viel kleiner wirkten, die argentinische Flagge, die, obgleich halb eingerollt, immer noch geschwenkt wurde, die beiden dicken Italiener, die einander mit Kennerblicken ansahen, während der eine geradezu feierlich sagte, gliel'ha messo in culo, und der andere diesem gelungenen Resümee zustimmte, an den Ausgängen entstand ein Stau, es war ein langsames, müdes Hinausgehen, dann die Bretterpfade in der kalten, nieselnden Nacht und schließlich der Steg, der unter der gefährlichen Last knarrte, Peralta und Chaves lehnen rauchend am Geländer, ohne ihm ein Zeichen zu machen, denn sie wußten, Estévez würde sie sehen, er würde sich seine Überraschung nicht anmerken lassen, würde auf sie zukommen, wie er auf sie zuging, sich seinerseits eine Zigarette anzündend.

»Er hat ihm eins auf die Schnauze gegeben«, berichtete Estévez.

»Weiß ich«, sagte Peralta, »hab's mit angesehen.«

Estévez sah ihn erstaunt an, aber sie machten sofort kehrt und gingen zwischen den Leuten, deren Zahl schon nicht mehr so groß war, den Steg hinunter. Er wußte, daß er ihnen folgen mußte, und sah, wie sie von der Avenue, die zur Metro führte, in eine dunklere Straße einbogen, Chaves drehte sich ein einziges Mal um, nur um sich zu vergewissern, daß Estévez sie nicht aus den Augen verloren hatte, dann gingen sie geradewegs zu Chaves' Auto und stiegen ohne Eile ein, aber auch ohne Zeit zu verlieren.

Estévez setzte sich hinten zu Peralta, und der Wagen fuhr in Richtung Süden los.

»Du warst also auch da«, sagte Estévez. »Ich wußte nicht, daß dich Boxen interessiert.«

»Es interessiert mich einen Dreck«, sagte Peralta, »obgleich Monzón das Geld wert ist. Ich bin hingegangen, um dich von fern zu beobachten, für alle Fälle, es ging nicht an, daß du allein wärst, sollte die Sache brenzlig werden.«

»Schön, du hast ja gesehen. Stell dir vor, der arme Walter war für Nápoles.«

»Das war nicht Walter«, sagte Peralta.

Der Wagen fuhr immer weiter nach Süden, Estévez spürte dunkel, daß sie auf diesem Wege nicht zur Bastille kommen würden, er spürte es wie etwas, das weit zurückliegt, denn alles übrige war ein Faustschlag mitten ins Gesicht, Monzón schlug ihn und nicht Mantequilla. Er konnte nicht mal den Mund öffnen, blickte Peralta nur an und wartete.

»Es war zu spät, um dich zu warnen«, sagte Peralta. »Blöd, daß du so früh von zu Haus weggegangen bist; als wir anriefen, sagte uns Marisa, du seist schon weg und kämst nicht mehr zurück.«

»Ich wollte noch einen Bummel machen, bevor ich die Metro nahm«, sagte Estévez.

»Aber was war, sag schon.«

»Alles im Eimer«, sagte Peralta. »Walter hat uns heute morgen, als er in Orly ankam, angerufen, wir haben ihm gesagt, was er zu tun hat, und er hat uns bestätigt, daß er die Eintrittskarte für den Boxkampf erhalten hat, alles bestens. Wir haben ausgemacht, daß er mich, bevor er hingeht, von Luchos Versteck aus anrufen soll, um sicherzugehen. Aber um halb acht hatte er sich noch nicht gemeldet, wir haben Geneviève angerufen, und sie hat zurückgerufen und gesagt, daß Walter bei Lucho nicht eingetroffen sei.«

»Sie haben ihn in Orly am Ausgang abgefangen«, sagte die Stimme von Chaves.

»Aber wer war dann der, der ...«, begann Estévez und hielt mitten im Satz inne, auf einmal begriff er, ihm brach der Schweiß aus, der ihm kalt den Hals hinab unter das Hemd rann, die Gürtelschnalle drückte ihm auf den Magen.

»Sie hatten sieben Stunden Zeit, um alle Daten aus ihm herauszuholen«, sagte Peralta. »Und das haben sie, denn der Typ wußte genau, was er mit dir zu machen hatte. Du weißt ja, wie die arbeiten, das konnte nicht mal Walter aushalten.«

»Morgen oder übermorgen wird man ihn auf irgendeinem Trümmergrundstück finden«, sagte die Stimme von Chaves fast gelangweilt.

»Das ist jetzt nicht wichtig«, sagte Peralta. »Bevor ich zu dem Fight ging, habe ich angeordnet, daß sie aus ihren Löchern wegmachen. Irgendwie hatte ich noch etwas Hoffnung, als ich dieses Scheißzelt betrat, aber er war schon da, und da war nichts mehr zu machen.«

»Aber dann«, sagte Estévez, »als er mit dem Kies in der Tasche hinausging ...«

»Natürlich bin ich ihm gefolgt.«

»Aber vorher, da du doch wußtest ...«

»Nichts zu machen«, wiederholte Peralta. »Der Typ hätte sich theatralisch zur Wehr gesetzt, und sie hätten uns alle geschnappt, du weißt, die haben ihre Leute überall.«

»Und wie ging's weiter?«

»Draußen warteten drei andere Typen auf ihn, einer hatte einen Passierschein oder so was, und in Null Komma nichts saßen die in einem Auto auf dem Privatplatz für Delons engste Freunde und die Geldsäcke, und nichts als Bullen ringsum. Da bin ich zum Steg zurückgegangen, wo Chaves auf uns wartete, das ist alles. Natürlich habe ich mir die Autonummer notiert, aber die nützt uns wenig.«

»Wir fahren ja aus der Stadt raus«, sagte Estévez.

»Ja, wir fahren an einen stillen Ort. Das Problem bist jetzt du, das wird dir ja klar sein.«

»Wieso ich?«

»Weil der Typ dich nun kennt und sie dich am Ende finden werden. Es gibt keine Verstecke mehr, nach dem, was mit Walter passiert ist.«

»Dann muß ich verschwinden«, sagte Estévez. Er dachte an Marisa und den Kleinen, wie er sie mitnehmen könnte, denn er konnte sie doch nicht allein lassen, alles wurde schemenhaft wie die Bäume des Waldsaums, in den Ohren ein Summen, als würde die Menge immer noch den Namen Monzón schreien, dieser Augenblick, da eine Stille voller Unglauben entstanden war und das Handtuch mitten in den Ring fiel, der Abend mit Mantequilla, der arme Kerl. Und der Typ war für Mantequilla gewesen, jetzt, wo er daran dachte, war es seltsam, daß er auf der Seite des Verlierers gewesen sein soll, er hätte mit Monzón sein müssen, sich den Kies mitnehmen wie Monzón, wie jemand, der einem den Rücken kehrt und mit allem davongeht, und schlimmer, der sich über den Besiegten lustig macht, über den armen Kerl mit dem zerschlagenen Gesicht oder dem er die Hand hinstreckt und sagt, nun, hat mich sehr gefreut. Das Auto hielt zwischen den Bäumen, und Chaves stellte den Motor ab. In der Dunkelheit flammte ein Streichholz auf. Noch eine Zigarette. Peralta.

»Dann muß ich verschwinden«, wiederholte Estévez. »Nach Belgien, was meinst du, dort ist der, du weißt schon.«

»Da wärst du sicher, wenn du nur hinkämst«, sagte Peralta, »aber du hast ja bei Walter gesehen, die haben ihre Leute überall und verstehen ihr Handwerk.«

»Mich werden sie nicht schnappen.«

»Wie Walter, hat man nicht auch Walter geschnappt, und hat er nicht gesungen? Und du weißt noch ganz andere Dinge als Walter, das ist das Schlimmste.«

»Mich werden sie nicht schnappen«, wiederholte Estévez. »Ich muß nur an Marisa und den Kleinen denken, jetzt wo alles schiefgegangen ist, kann ich sie nicht hier lassen, man wird sich an ihr rächen. In einem Tag habe ich alles geregelt, dann nehme ich sie mit nach Belgien, ich suche den, du weißt schon, auf und bleibe dort drüben.«

»Ein Tag ist zu lange«, sagte Chaves, sich auf dem Sitz umdrehend. Die Augen gewöhnten sich an die Dunkelheit, Estévez sah seine Silhouette und das Gesicht von Peralta, als der die Zigarette an den Mund führte und daran zog.

»Also gut, ich werde so schnell verschwinden, wie ich kann«, sagte Estévez.

»Jetzt gleich«, sagte Peralta und zog die Pistole.

Lateinamerikanische Literatur im Suhrkamp Verlag

Eine Auswahl

»Imagination, Sensibilität, Liebenswürdigkeit, Sinnlichkeit, Melancholie, eine gewisse Religiosität und ein gewisser Stoizismus gegenüber dem Leben und dem Tode, ein tiefes Gefühl für das Jenseitige und ein nicht weniger ausgeprägter Sinn für das Hier und Jetzt ... Lateinamerika ist eine Kultur.«

Octavio Paz

Allende, Isabel: Das Geisterhaus. Roman. Aus dem Spanischen von Anneliese Botond. Gebunden

Amado, Jorge: Die drei Tode des Jochen Wasserbrüller. Erzählung. Aus dem brasilianischen Portugiesisch von Curt Meyer-Clason. BS 853.

Asturias, Miguel Angel: Der Spiegel der Lida Sal. Erzählungen und Legenden. Aus dem Spanischen von Wolfgang Promies. BS 720

– Legenden aus Guatemla. Aus dem Spanischen von Fritz Vogelgsang. Mit einem Vorwort von Paul Valéry und Illustrationen nach alten Maja-Motiven. BS 358

Barnet, Miguel: Der Cimarrón. Die Lebensgeschichte eines entflohenen Negersklaven aus Cuba, von ihm selbst erzählt. Nach Tonbandaufnahmen herausgegeben von Miguel Barnet. Aus dem Spanischen von Hildegard Baumgart. Leinen, Sonderausgabe (Insel) und st 346

Bioy Casares, Adolfo: Der Traum der Helden. Roman. Aus dem Spanischen von Joachim A. Frank. Gebunden

Cardenal, Ernesto: Gedichte. Spanisch und Deutsch. BS 705

Carpentier, Alejo: Das Barockkonzert. Aus dem Spanischen von Anneliese Botond. BS 508

– Das Reich von dieser Welt. Roman. Deutsch von Doris Deinhard. BS 422

– Die Harfe und der Schatten. Roman. Aus dem Spanischen von Anneliese Botond. Leinen und st 1024

– Die verlorenen Spuren. Roman. Aus dem Spanischen von Anneliese Botond. st 808

– Explosion in der Kathedrale. Roman. Aus dem Spanischen von Hermann Stiehl. st 370

Cortázar, Julio: Album für Manuel. Roman. Aus dem Spanischen von Heidrun Adler. Gebunden und st 936

– Bestiarium. Erzählungen. Aus dem Spanischen von Rudolf Wittkopf. st 543

– Ein gewisser Lukas. Aus dem Spanischen von Rudolf Wittkopf. BS 925

72/1/4.86

72/2/4.86

Lateinamerikanische Literatur
im Suhrkamp Verlag
Eine Auswahl

Paz, Octavio: Verbindungen – Trennungen. Ein Essay. Aus dem Spanischen von Elke Wehr und Rudolf Wittkopf. Leinen

Puig, Manuel: Der Kuß der Spinnenfrau. Roman. Aus dem Spanischen von Anneliese Botond. 896

– Der schönste Tango der Welt. Roman. Aus dem Spanischen von Adelheid Hanke-Schaefer. Leinen und st 474

– Herzblut erwiderter Liebe. Roman. Aus dem brasilianischen Portugiesisch von Karin von Schweder-Schreiner. Gebunden

Roa Bastos, Augusto: Menschensohn. Roman. Aus dem Spanischen von Curt Meyer-Clason. BS 506

Vargas Llosa, Mario: Das Grüne Haus. Roman. Aus dem Spanischen von Wolfgang A. Luchting. st 342

– Der Hauptmann und das Frauenbataillon. Roman. Aus dem Spanischen von Heidrun Adler. st 959

– Der Krieg am Ende der Welt. Roman. Aus dem Spanischen von Anneliese Botond. Gebunden

– Maytas Geschichte. Roman. Aus dem Spanischen von Elke Wehr. Gebunden

– Tante Julia und der Kunstschreiber. Roman. Aus dem Spanischen von Heidrun Adler. Gebunden

Lateinamerika, Gedichte und Erzählungen. 1930–1980. Herausgegeben von José Oviedo. st 810

– Der lange Kampf Lateinamerikas. Texte und Dokumente von José Martí bis Salvador Allende. Herausgegeben von Angel Rama. st 812

– Die Neue Welt, Chroniken Lateinamerikas von Kolumbus bis zu den Unabhängigkeitskriegen. Herausgegeben von Emir Rodríguez Monegal. st 811

– Der Frauenheld und andere Geschichten der Liebe aus Lateinamerika. Herausgegeben und mit einem Nachwort von Michi Strausfeld. st 1296

– Lateinamerikanische Literatur, Materialien. Herausgegeben und mit einem Vorwort von Mechthild Strausfeld. stm. st 2041

– Brasilianische Literatur, Materialien. Herausgegeben von Mechthild Strausfeld. stm. st 2024

72/3/4.86